KB073064

TOUCHED
TO DIED
건들면
죽는다

FUSION FANTASTIC STORY
다크홀릭 퓨전 판타지 소설

건들면 죽는다 5

다크홀릭 퓨전 판타지 소설

초판 1쇄 찍은 날 § 2014년 1월 23일
초판 1쇄 펴낸 날 § 2014년 1월 29일

지은이 § 다크홀릭
펴낸이 § 서경석

편집부장 § 권태완
편집책임 § 어정원

펴낸곳 § 도서출판 청어람
등록번호 § 제1081-1-89호
등록일자 § 1999. 5. 31
어람번호 § 제1-1764호

주소 § 경기도 부천시 원미구 심곡2동 163-2 서경B/D 3F (우) 420-822
전화 § 032-656-4452팩스 § 032-656-4453
http://www.chungeoram.com
E-mail § chungeorambook@daum.net

ⓒ 다크홀릭, 2013

ISBN 978-89-251-3692-9 04810
ISBN 978-89-251-3509-0 (세트)

TOUCHED
TO DIED

건드면 죽는다

FUSION FANTASTIC STORY

다크홀릭 퓨전 판타지 소설

5

CONTENTS

Chapter 01
풍전등화

건들면죽는다

1

　현재 렌탈 성 안에는 되돌아온 보병 백여 명과 영지민 일
천 오백여 명이 전부다.

　그 가운데 아직은 힘을 쓸 수 있는 영지민은 이백여 명에
불과했고, 나머지는 여자들과 노인들 그리고 아이들뿐이었
다.

　기사 벡스는 우선 힘을 쓸 수 있는 이백여 명의 남자에게
창과 검을 나누어 준 다음 그들을 성문 바로 앞쪽에 배치했
다.

　최대한 성문이 열리지 않도록 방어막부터 구축하려는 모

양이다.

그런 다음 기존 군사 훈련이 되어 있는 보병들에게는 활과 화살을 나누어 준 다음 모두 성벽 위에 주둔시켰다.

그래도 다행인 것은 단데스군과 싸우면서 확보해 놓은 화살을 상당수 가지고 올 수 있었다는 점이다.

성내에 비축되어 있는 화살도 꽤 되기는 했지만 그것만으로는 부족할 수 있었던 것이다.

"자, 이제 여자들과 노인분들은 가마솥에 기름을 끓이십시오. 많으면 많을수록 좋습니다!"

"기름을 끓이라고요? 그건 왜……."

"이것 역시 숀 선생님께서 시키신 일입니다. 이유는 나중에 알게 될 터이니 지금은 모두 제 말에 따라주십시오."

숀 선생이 시켰다는 그 한마디에 영지민은 더 이상 질문을 하지 않고 모두 기름을 끓이기 위해 서둘렀다.

숀에 대한 신뢰감이 어떠한지 보여주는 일면이다. 하지만 어쨌든 벡스의 지시는 그게 끝이 아니었다.

"자! 남은 분들은 이제부터 부대 자루에 돌을 담아서 날라야 합니다. 적들의 공격에 성을 지키기 위해서는 이 작업이 가장 중요하니 될 수 있으면 돌과 흙을 꽉꽉 채워서 성벽 앞쪽에 쌓으십시오!"

"알겠습니다!"

천오백 명의 영지민과 백여 명의 영지군은 그야말로 하나가 되어서 움직였다. 그 모습을 지켜보던 마하엘도 양팔을 걷어붙이고 돌을 담는 작업을 하고 있는 쪽으로 다가갔다.

　─끼루루~!

　"위험한 것은 나도 알아, 끼루야. 하지만 나는 성주의 아들이야. 아직 어리긴 하지만 지금 성이 위험한 지경에 처해 있는데 그냥 구경만 하고 있을 수는 없어. 그러니 너도 아무 말 하지 말고 따라와라."

　긁적긁적…….

　─끼룩 끼룩~

　그런데 그때, 이제 알에서 부화한 지 며칠 되지 않은 스톰 와이번 끼루가 그의 발걸음을 막아섰다.

　보아하니 위험한 곳으로 가지 말라는 제스처인 듯했다.

　스톰 와이번은 본래 자신이 주인으로 인정한 사람의 위험에 예민한 존재로 알려져 있다.

　전설로 취급되는 것 중 하나지만, 그것이 사실임이 증명되는 순간이기도 했다.

　어쨌거나 마하엘이 그런 끼루에게 이렇게 말을 하고 다시 걷기 시작했다.

　그러나 이번에는 오른쪽 날개로 자신의 머리를 몇 번 긁더니 고개를 절레절레 흔들곤, 마하엘의 뒤를 따라가는 끼루다. 그런 끼루의 모습이 몹시 귀여워 보였다.

"안녕하세요. 고생들이 많아요."

"앗! 마하엘 도련님 아니십니까! 위험한데 여기까지는 어쩐 일이십니까?"

"소인들이 도련님을 뵈옵니다!"

결국 마하엘이 열심히 부대 자루에 돌을 담고 있는 작업장에 도착하자 나이가 육십은 넘어 보이는 노인이 얼른 다가와 고개를 조아리며 이렇게 말을 걸어왔다.

그러자 그 소리에 다른 사람들도 일손을 놓고 얼른 인사부터 했다.

돌과 흙이 난무하는 이곳은 이제 겨우 열한 살밖에 되지 않은 귀족 소년이 다가오기에 그다지 좋은 장소는 아닌지라 다들 꽤나 의외라는 표정이다.

"어쩐 일은요, 저도 같이 일을 하려고 온 거죠."

"아이고~ 그런 말씀하지 마십시오. 도련님처럼 고귀하신 분이 하실 일이 아닙니다. 그러니 어서 관사 안으로 들어가 계십시오!"

마하엘의 말에 노인은 물론 함께 일을 하던 사람들의 얼굴에 놀라움이 떠올랐다.

설마 영주의 아들이 이런 험한 일을 하려 다가온 것이라고는 상상도 할 수 없었던 탓이다.

게다가 엄청난 신분의 그가 자신들을 존중하면서 말을 하는 것도 놀랍기만 했다.

"지금 당장 성이 함락될지도 모르는데 고귀함을 따질 필요가 있나요? 내가 비록 어리기는 하지만 나름 쓸모는 있을 것입니다. 그러니 아무 걱정하지 말고 어서 일이나 합시다!"

"…하, 하지만……."

마하엘의 당찬 말에 다들 할 말을 잃고 말았다. 어린애로만 생각했던 그가 지금은 마치 영주를 보는 것 같은 착각을 느끼게 할 정도로 워낙 의젓해 보여 모두를 놀라게 했다.

"그리고 제게는 힘이 아주 강한 부하도 있으니까요. 야! 끼루! 어서 저쪽에 있는 돌을 이리 가져와!"

—끼루루~!

뒤뚱뒤뚱뒤뚱~

특! 데구루루…….

마하엘의 명령이 떨어지자 조그마한 끼루가 뒤뚱거리기는 해도 무척이나 날쌘 걸음으로 마하엘이 가리킨 곳을 향해 달려갔다.

거기에는 제법 큰 돌이 놓여 있었는데 끼루는 그것을 가볍게 차서는 순식간에 모두가 일을 하고 있는 곳으로 굴려

왔다.

장정 두 명이 굴려도 구를까 말까 할 정도로 큰 돌인지라 모두의 얼굴에는 다시 경악이 떠올랐다.

"허어~! 정, 정말 대단한 녀석이로고!"

"그러게 말입니다. 어떻게 저렇게 작은 새가 이렇게 큰 돌을 굴릴 수 있을까요? 신기하네요."

끼루의 몸집은 기껏해야 어른 손바닥만 한 크기다. 그런 녀석이 자신의 수십 배 이상은 될 것 같은 거대한 돌을 옮겨 왔으니 다들 놀라는 것은 당연했다.

하지만 그게 끝은 아니었다.

"잘 들어, 끼루. 지금부터 사방에 흩어져 있는 돌들을 모두 이쪽으로 모아 와야 해. 할 수 있겠지?"

끄덕끄덕끄덕…….

마하엘의 말에 끼루가 급히 고개를 끄덕였다. 사람들의 관심과 놀라워하는 모습에 기분이 한껏 좋아진 모양이다. 이런 것을 보면 놈도 잘난 체하기를 꽤나 좋아하는 성격 같았다.

"자, 그럼 시작해!"

─끼루루~!

파다다닥~ 뒤뚱뒤뚱~!

짧은 날갯짓을 하며 또다시 뒤뚱거리긴 했지만 끼루의

움직임은 그야말로 번개를 무색케 할 정도였다.

녀석은 작은 먼지 구름을 일으키며 쉴 새 없이 달리며 돌들을 모으기 시작했는데 다들 어, 하는 사이에 그 일은 순식간에 끝이 났다.

멍…….

척!

―끼룩 끼룩!

그러고는 금방 다시 마하엘의 앞에 와서 서더니 그럴싸하게 경례까지 붙이는 것 아닌가.

그야말로 깜찍하면서도 놀라운 녀석이 아닐 수 없었다.

"하하! 잘했어, 끼루! 역시 넌 멋져!"

―끼루루~!

덥석~! 부비부비…….

그 모습을 보고 마하엘이 칭찬과 함께 양팔을 벌리자 녀석이 얼른 그 품에 안기며 부비적거렸다. 좋아 죽겠다는 뜻이다.

"정… 정말 놀랍습니다. 그 새 이름이 뭡니까?"

"스톰 와이번이에요. 오로지 저와 파비앙 누나의 말만 듣는 녀석이죠. 어때요? 이래도 제가 쓸모가 없는 것 같은가요?"

노인이 벌어진 입을 겨우 다물며 이렇게 묻자 마하엘은

어깨를 으쓱거리며 자랑스럽게 대답했다.

하긴 여기 모여 있는 사람들이 모두 합심해서 일을 해도 족히 몇 시간은 걸릴 만한 양을 끼루가 불과 오 분여 만에 해치웠으니 그럴 만도 했다.

"아닙니다요. 소인이 감히 부탁드리겠습니다. 마하엘 도련님! 저희를 도와주십시오."

"물론이죠! 자, 우리 이제부터 더욱 힘껏 일을 합시다. 그래서 저 나쁜 크롤 영지군을 혼내주자고요!"

"알겠습니다!"

비록 아직 한창 투정을 부릴 만한 어린 소년이었지만 마하엘은 의외로 의젓하고 당당해 영지민으로부터 차기 영주로서의 자질을 인정받을 만했다.

그 모습을 멀리서 지켜보던 남작 부인이 어느덧 영지민을 향해 솔선하는 아들의 모습에 뭉클하여 눈가에 맺힌 눈물을 닦았다.

그러나 그의 이러한 노력에도 불구하고 점점 다가오고 있는 크롤 영지군을 과연 막을 수 있을지는 의문이었다.

그러기에는 그들의 숫자가 워낙 많았고, 그만큼 전투력도 엄청났기 때문이다.

2

렌탈 영지군은 성으로 돌아가는 길에 있었다.

마음은 급했지만 그렇다고 행군 속도가 지금보다 빨라지는 것은 아니었다.

하긴 병사들이 홀가분한 상태로 달렸어도 반나절 이상이 걸렸던 거리다.

하지만 지금은 들고 가야 할 짐도 많았고 수습해야 할 일도 많은 데다가 포로들도 잔뜩이다.

그렇다 보니 느려질 수밖에 없는 것이 당연했다.

"이대로 포로들을 끌고 갔다가 만에 하나 이미 성이 공격을 당하고 있는 상황이면 낭패입니다."

"으음....... 충분히 그럴 수 있겠지요. 하지만 그렇다고 이들을 풀어줄 수도 없지 않겠소? 그랬다가는 자신들의 성으로 돌아가 정비를 한 다음 재차 공격을 해올 게 분명하니 말이오."

아직까지 다른 사람들은 설마 크롤 성이 공격해 올까 하는 안일한 생각을 하고 있었다.

그렇기에 대부분의 기사들과 병사들은 믿기 힘든 대승리의 기쁨에 취해서 군기가 상당히 느슨해질 수밖에 없었다.

그런 분위기이다 보니 렌탈도 약간은 방심을 하고 있는

것 같았다. 그 바람에 행군 속도는 더 느려진 것이고…….

이런 모습을 보면서 숀의 마음은 더 급해질 수밖에 없었다. 그렇기에 일부러 이런 말로 렌탈의 경각심을 불러일으켰다.

"그건 저도 같은 생각입니다. 그러나 그렇다고 해서 아무런 대책도 없이 이대로 가는 것은 너무 위험합니다. 아마지금쯤이면 벌써 크롤 영지군이 우리 성 앞까지 다가왔을게 분명할 테니까요. 물론 제 판단이 틀리기만 바랄 뿐입니다."

"그 정도로 심각할 것 같소? 혹시 잘못된 정보일 수도 있잖소?"

사람의 심리는 누구나 비슷할 것이다. 이런 경우 누구라도 지금 닥치고 있는 위기를 외면하고 싶을 터였다. 그건렌탈도 마찬가지였다.

"아닐 확률도 있긴 있겠지요. 하지만 그 확률에 모든 것을 맡긴다는 것은 스스로 무덤을 파는 꼴이 될 것입니다. 그럴 바에는 미리 최선을 다하는 것이 현명하지 않겠습니까?"

"휴우… 그건 선생의 말씀이 옳소이다. 내가 못난 꼴을 보였구려. 용서하시오."

숀은 렌탈의 이런 면이 좋았다. 그가 만일 일반 귀족이었다면 숀에게 건방지다며 난리를 쳤을지도 모른다.

　그만큼 이 시대의 귀족들은 이기적인 탓이다.

　물론 그랬다면 숀도 깨끗하게 손을 털고 그를 포기했겠지만, 다행히 렌탈의 겸손이 그런 일을 막을 수 있었다.

　"혹시 성으로 가다가 규모가 어느 정도 되는 장원 같은 것은 없습니까? 저 정도 포로들을 당분간이라도 가두어 둘 수 있는 정도 되는 그런 장원 말입니다."

　"퍼쉬 준남작이 다스리고 있는 장원이 하나 있긴 하오만, 워낙 작은 곳이라 백여 명이 넘는 포로를 수용하기에는 무리가 많소."

　"여기서 그곳까지는 얼마나 걸립니까?"

　렌탈 남작이 부정적인 대답을 했는데도 숀은 급히 다시 물었다. 뭔가 방법이 있는 것 같은 태도다.

　"지금의 행군 속도라면 서너 시간 정도 걸릴 거요."

　포로들은 걷고 있기 때문에 아무리 가까운 곳이라 해도 어느 정도 시간이 걸릴 수밖에 없었다. 그래서인지 숀의 얼굴에 잠시 난색이 떠올랐다. 그의 예상대로라면 성은 시시각각 위험에 가까워지고 있을 것이기 때문이다.

　"그럼 우선 그쪽으로 가시지요. 그곳에 포로들을 놔두고 가는 게 훨씬 나을 것 같습니다."

　"하지만 그곳에는 포로들을 관리할 만한 병력이 없을 뿐 아니라 감옥도 없소. 그렇다고 저 많은 포로들을 감금해 둘 만한 시설을 만들 수도 없는 노릇 아니겠소? 그렇게 되면 시간도 너무 많이 걸릴 테고 말이오."

말이 그렇지 백 명이나 되는 포로가 풀려나기라도 하면 작은 장원 하나쯤은 곧바로 빼앗기게 될 게 확실하다.

자칫 양들이 모여 있는 곳에 늑대들을 한꺼번에 몰아넣은 꼴이나 마찬가지일 수도 있기에 렌탈 남작은 이처럼 놀란 목소리를 내는 것이다.

"최소한 그곳에는 포로들을 며칠 동안 먹여 살릴 수 있을 정도의 양식은 있을 것 아닙니까?"

"그야 당연하겠지요."

"그거면 충분합니다. 나머지는 제게 맡겨주십시오."

이렇게 말을 해도 여전히 렌탈은 손의 생각을 알 수가 없었다.

하지만 워낙 자신 있게 말을 하는 데다가 지금까지 그가 보여준 능력을 충분히 경험해 보았기에 결국 렌탈은 고개를 끄덕일 수밖에 없었다.

"끄응……. 선생께서 그렇게 말씀하시니 어쩔 수가 없구려. 좋소. 그럼 일단 그곳으로 가봅시다. 전군은 모두 퍼쉬준남작의 장원으로 향하라!"

"명을 받들겠습니다!"

렌탈 남작의 명령에 기사들과 병사들은 모두 한목소리로 대답했다. 어째서 그쪽으로 가는지는 알 필요도 없었다.

일단 자신들의 주인이 시키면 무조건 시키는 대로 따르는 것이 당연했기 때문이다.

그렇게 세 시간 정도가 지나자 마침내 일행은 모두 퍼쉬 준남작의 장원 앞에 도착할 수 있었다.

"작기는 하지만 무척 조용하고 아름다운 성이로군요. 성문도 꽤 튼튼한 것 같고요."

"하지만 대부분 목책으로 이루어진 데다가 성 자체도 목조 건물이라 적을 방어하기에는 그리 좋지 않다오."

장원의 중심에 있는 성성으로 시선을 돌린 순간, 숀은 감탄을 했다.

마치 동화와 전설 속에서 등장하는 성처럼 아기자기하면서도 아름다웠던 탓이다.

그러나 렌탈 남작은 현실적인 입장에서 이야기를 했다.

어쨌든 그런 가운데 퍼쉬 준남작은 자신의 주군인 렌탈 남작이 왔다는 보고를 받고는 얼른 성문부터 열었다.

그리고 얼마 지나지 않아 곧 자신도 성문으로 나와 그들을 마중했다.

"충성! 영명하신 영주님을 뵈옵니다!"

"이거 오랜만이오, 퍼쉬 준남작!"

퍼쉬 남작.

그는 아담한 키에 배가 볼록 나온 중년의 사내였다.

비록 볼품은 없었지만 눈빛이 밝고 온화한 인상을 가지고 있어 숀은 그가 매우 정의로운 사람임을 바로 느낄 수 있었다.

"전쟁 소식에도 제가 직접 가지 못한 점, 용서해 주십시오, 이곳은 단데스 놈들이 지나가다가 들르기 쉬운 곳인지라 지키는 것이 낫다고 생각했습니다."

"진작 그런 보고는 받았으니 걱정하지 마시오. 그리고 우리는 이미 단데스 놈들에게 승리했소. 저기를 보시오!"

"오오! 저자는 단데스 자작 아닙니까? 어, 어떻게……."

비록 풀이 죽어 고개를 숙이고 있기는 해도 퍼쉬 준남작은 단번에 그가 단데스 자작임을 알아보았다.

과거에도 몇 차례 본 적이 있었기 때문이다.

하지만 여전히 그가 어째서 저런 모습이 된 것인지는 납득하지 못했다.

그렇기에 렌탈 남작은 간략하게 그동안의 상황을 설명해주었다.

"죄송합니다만, 지금은 시간이 촉박합니다. 지금부터는 제가 부탁하는 것을 해주셨으면 좋겠습니다만……."

"아, 이 사람은 누구죠?"

"그분이 바로 이번 전투를 승리로 이끈 주역이신 숀 선생님이시오."

"이, 이런……. 몰라 봬서 미안하오. 나는 뭉크 퍼쉬 준남작이라고 하오."

이미 숀에 대한 명성은 자자했다. 자신의 영주가 그를 선생이라 칭하는 것도 말이다.

그런 이상 아무리 준남작이라 해도 그에게 함부로 대할 수는 없었다.

"반갑습니다. 숀입니다. 그런데 방금 말씀드린 대로 지금은 인사나 나누고 있을 때가 아닙니다. 우선 저기에 있는 포로 들이 한꺼번에 모여 있을 만한 장소가 없을까요? 꼭 감옥이 아니라도 괜찮습니다만……."

"장원 안에 마을회관이 있긴 하오만 그 건물 역시 목조라 저들을 두기에는 무리가 많소이다."

장원의 성안에 있는 마을 회관이라면 규모가 꽤 될 터였다. 그것을 짐작한 숀은 표정이 밝아지며 급히 한마디 던졌다.

"백 명이 며칠은 먹을 수 있는 식량을 준비해 주십시오. 지금 당장이요!"

"어서 숀 선생의 말에 따르라!"

그의 말에 다들 황당했지만 렌탈 남작까지 동참해서 이

렇게 명령을 내리자 퍼쉬 준남작은 서두를 수밖에 없었다.

대체 이게 무슨 일인지 알 수 없다는 의혹을 가득 담은 얼굴로 말이다.

3

숀이 퍼쉬 준남작의 장원에 도착해서 포로들을 처리하기 위한 일을 하고 있을 즈음, 크롤 영지군은 마침내 렌탈 영지 안에 있는 모슬그 마을 앞에 등장했다.

이곳은 크롤 영지와 렌탈 영지 사이의 경계가 되는 지점 이다. 그렇기에 모슬그 마을의 주변은 모두 목책으로 둘러 져 있었고 그 가운데쯤에 커다란 목책 문이 하나 있었다. 평소에는 늘 열려 있는 문이었지만 지금은 그 문이 굳게 닫 혀 있는 상태였다.

"어서 즉시 목책을 열어라! 그렇지 않으면 단 한 명도 살 려두지 않으리라!"

"정, 정말 살려주시는 겁니까?"

모슬그 마을의 자경대장은 목책 위에 서서 떨리는 목소 리로 간신히 이렇게 물어보았다.

그의 앞쪽에는 끝이 보이지 않는 병력과 무시무시한 공 성 무기들이 있었으니 그럴 만도 했다.

"지금 당장 열어라!"

"네! 어서 목책 문을 열어라!"

"알, 알겠습니다."

그긍……. 그그긍…….

부탁도 아니고 명령 한마디로 모슬그 마을의 목책 문이 열렸다.

그러자 크롤 영지군의 총사령관인 더그한은 자신이 먼저 앞으로 당당히 나섰다.

자칫하면 저격을 당할 수도 있는 위치였지만 그는 그런 것은 전혀 아랑곳하지도 않았다. 그만큼 자신이 있다는 뜻이리라.

"모두 목책을 지나는 즉시, 최대한 빠르게 달려라!"

"이곳의 자경대는 어떻게 할까요?"

더그한이 목책 문을 지나면서 이런 명령을 내리자 그의 부관이 다가와 질문을 던졌다.

"모두 죽여라!"

"그, 그럴 수가! 문을 열면 살려준다고 하지 않았습니까?"

대답하는 더그한의 목소리에는 일말의 감정도 담겨 있지 않아서 그런지 더욱 섬뜩하게 들렸다.

물론 그 소리를 들은 자경대장의 입장에서는 어처구니가

없었다.

　방금 전 살려주겠다고 약속해 놓고 금방 죽이라니…….

이건 기사로서 할 짓이 아니었다.

"나는 살려준다고 말한 적은 없었다. 어서 죽여라!"

"네!"

서거걱!

"크악～!"

"나쁜 새～끄악!"

　확실히 더그한은 문을 열지 않을 경우 단 한 명도 살려주지 않는다고만 했지, 열었을 경우 살려준다고 한 적도 없었다.

　결국 자경 대장의 엄청난 착각이 자신뿐 아니라 다른 대원들까지 이런 허무한 죽음으로 몰아넣은 것이다.

"드디어 렌탈 성이 보입니다!"

"성문에서 삼백 보쯤 떨어진 곳에 진지를 구축하라!"

"알겠습니다!"

두두두두～!

　렌탈 성을 발견하자마자 또다시 더그한의 명령이 떨어졌다.

　그러자 가장 먼저 기마부대가 달려 나가 성에서 삼백 보쯤 떨어진 곳에 멈추어 서서는 곧바로 말에서 내리더니 커다란 방패부터 세웠다.

자신들의 아군이 진지 구축을 위해 움직이는 동안 혹시 날아올지 모르는 적의 화살에 대비한 행동이다.

이 한 가지만 보더라도 그들이 얼마나 잘 훈련이 되어 있는지 알 만했다.

한편, 그런 크롤 영지군의 동향을 보고 있는 렌탈 성의 보병 대장 벡스만이 이를 갈고 있었다.

"저런 약아빠진 놈들 같으니라고. 화살의 사정거리를 계산하고 진지를 만들려는 수작이로구나."

"화살의 사정거리요?"

"그렇습니다, 부인 마님. 저 정도 거리면 화살을 아무리 쏘아도 적을 맞추기가 쉽지 않거든요. 아주 뛰어난 궁사가 있으면 가능하겠지만 그런 궁사는 우리 성안에 단 한 명도 없습니다."

성주가 없는 상황인지라 보병 대장인 벡스만 나설 수도 있었다.

그러나 그렇게 되면 영지민의 통솔이 쉽지 않을 수 있다는 것을 알기에 남작 부인은 위험을 무릅쓰고 성루 위에 있는 벡스의 옆에 당당히 섰다.

보통 여인네들이 보여주기 힘든 용기다. 성루 위는 적을 관찰하기도 쉽지만 반대로 적들의 눈에도 가장 잘 보일 수 있는 위치였다.

그런 만큼 그 어느 곳보다 위험할 수도 있었다.

"이젠 어떻게 해야 하죠?"

"우선은 기다려야 할 것 같습니다. 어차피 잘 닿지도 않는 곳에 적이 있는데 쓸데없이 화살만 낭비할 수는 없으니까요."

남작 부인이 걱정스럽다는 듯 이렇게 말하자 벡스는 침착한 어조로 대꾸했다.

그는 이미 숀에게 이런 상황에 대한 행동 지침을 들었던 터였다.

"적이 아무리 도발을 해도 절대 성문을 나서면 안 되오. 그뿐 아니라 화살도 함부로 쏘아서는 안 되오. 특히 적들이 바로 코앞에 진지를 구축할 경우에는 더욱 참고 최대한 시간을 끌어야 하오. 잘만 버티고 있으면 분명 좋은 일이 생길 거요."

숀은 그가 성을 향해 출발하기 직전 급히 다가오더니 이런 마지막 당부를 남겼던 것이다.

그리고 그 말은 이상할 정도로 벡스에게 힘이 되고 있었다. 숀에 대한 알 수 없는 믿음이 생긴 탓이다.

어쨌든 벡스가 숀의 말을 떠올리며 적들의 동태를 주시

하고 있는 사이 갑자기 적 진영 한가운데가 갈라지더니 하얀 백마에 올라탄 기사 한 명이 모습을 드러냈다.

"나는 크롤 영지군의 총사령관 더그한이다! 우리는 향후 우리 왕국의 절대자가 되실 바스티안 저하의 명령을 받고 이 자리에 왔다. 그러니 어서 투항하고 성문을 활짝 열어라! 그렇게 하면 최대한 자비를 베풀어 주겠노라!"

"크롤 영지의 더그한은 용맹한 것은 물론 예의를 지킬 줄 아는 멋진 기사라고 알고 있었어요. 그런데 오늘 보니 예의라고는 눈곱만치도 없는 파렴치한인 것 같군요!"

더그한의 목소리는 우렁차면서도 당당했다. 오죽했으면 그 소리를 들은 렌탈 영지군이 그의 앞에 고개를 숙이고 싶어질 정도다.

그 점을 눈치챘는지 이번에는 렌탈 남작 부인이 나서서 큰 목소리로 더그한을 나무랐다.

비록 여인의 몸이었지만 결코 더그한에 뒤지지 않는 당당함이다.

"당신은 누구십니까?"

"내가 바로 이곳의 안주인입니다! 주인이 계시지 않을 때 무례하게 찾아오신 객을 접대해야 할 처지에 놓인 사람이기도 하지요."

그녀가 워낙 고귀해 보이는 데다가 당당해서인지 더그한

은 처음과 달리 어느 정도 예의를 갖추어서 이렇게 물었다.

그러고는 곧 고개를 끄덕였다.

그녀가 남작 부인이라는 말에 충분히 공감이 간다는 태도였다.

하긴 그런 여성이 아니고서야 이처럼 살벌한 전장에서 저렇게 당찬 모습을 보일 수는 없을 터였다.

"남작 부인께 기사 더그한이 인사 올립니다. 이런 자리에서 인사를 드리게 되서 죄송합니다만, 바스티안 저하께서 직접 내리신 명령이라 저도 어쩔 수 없습니다. 부인께서 험한 꼴을 당하시는 것을 보고 싶지 않으니 어서 항복하십시오. 그게 부인은 물론 영지민도 무사할 수 있는 유일한 방법입니다!"

"그게 지금 남의 영지에 쳐들어 와서 할 말인가요? 이 땅은 분명 과거 국왕이셨던 루드리히 1세께서 공식적으로 우리에게 하사하셨던 영토입니다. 그건 현 국왕이신 루드리히 2세께서도 분명히 인정하신 부분이지요. 그런데 아직 엄연히 국왕께서 살아 계신데도 그분께서 인정하셨던 영토를 내어놓으라니요? 그건 설마 바스티안 저하께서 반역을 저지르겠다는 뜻인가요?"

"그, 그건……."

괜히 바스티안의 이름을 앞세웠다가 할 말을 잃은 더그

한이었다.

남작 부인의 맞는 말에 뭐라고 대꾸하기가 어려웠던 탓이다.

그 덕분에 성안에 있던 영지군과 영지민의 사기는 올라간 반면, 크롤 영지군의 사기는 땅에 떨어져 버렸다.

그것을 눈치챈 더그한은 어쩔 수 없다는 듯 입술을 꼭 깨물더니 결국 돌이킬 수 없는 명령을 내렸다.

"감히 바스티안 저하를 모욕하다니… 이건 결코 그냥 넘어 갈 수 없소이다! 무엇들 하느냐! 어서 공성 무기를 준비하라! 저들에게 따끔한 맛을 보여줘야겠다!"

"공성 무기를 준비하라!"

그르릉… 그그그극…….

그의 명령이 떨어지자마자 뒤쪽에 주욱 늘어서 있던 공성 무기가 조금씩 앞으로 나서기 시작했다.

석양에 비친 그 모습은 마치 아가리를 벌리고 달려드는 거대한 괴물처럼 보였다.

하지만 보이는 모습보다 그것들이 가진 위력은 그야말로 엄청났다.

"쏴라~!"

"발사!"

부웅~ 콰콰쾅~!

Chapter 02
위기일발

건들면 죽는다

1

크롤 백작의 군대가 가져온 투석기는 다행히 단데스 자
작이 준비했던 것처럼 무서운 연사가 가능한 기종은 아니
었다.

하지만 그 대신 과연 백작 군대에 어울릴 만한 크기와 위
력을 가지고 있었다.

부응~ 콰앙!

"크아악~!"

"큰일 났습니다! 벌써 성의 동쪽 벽에 큰 손상이 갔습니
다!"

투석기에서 돌이 날아오기 시작한 이후, 렌탈 영지군은 생각 이상으로 강한 피해에 당황하는 기색을 보였다.

무엇보다 투척된 투석에 의해 동쪽 벽에 큰 손상을 입으면서 더욱 그랬다.

우선 크롤 백작군이 날리는 투석의 크기가 컸다. 커도 그냥 큰 수준이 아니라 엄청나게 컸던 것이다.

그래서인지 그것이 성벽에 부딪치게 되면 심각한 타격을 입힐 수 있었다.

방금 전 총 네 개의 돌이 날아와 그중 두 개는 성벽 안쪽으로 떨어졌으며 나머지는 동쪽 벽을 강타했다.

그러자 큰 폭발이 일어나며 벽이 부서졌으며 그 파편이 튀어서 서너 명이나 되는 영지민을 즉사시켰다. 실로 무시무시한 위력이다.

"당황하지 말고 어서 준비해 두었던 부대 자루를 부서진 성벽 뒤에 쌓아 올려라. 빨리 서둘러야 한다!"

"네! 대장님!"

보고하기 위해 왔던 병사가 복명과 함께 사라지자 벡스는 남작 부인에게 다가갔다.

"부인께서도 이제 어서 안으로 들어가 계십시오. 이곳에 계시면 위험합니다."

"하지만 나만 살겠다고 그럴 수는 없어요. 난 그냥 이곳에서 두 눈으로 적들의 만행을 똑똑히 지켜보겠습니다."

위험하다고 해도 남작 부인은 이렇게 고집을 부렸다. 렌탈 남작이 없는 이상 지금 성을 책임질 사람은 자신밖에 없다고 생각했기 때문이다.

"그러시면 안 됩니다. 제가 이곳으로 출발할 때 영주님께서 제게 간곡히 부탁하셨습니다. 당신이 오실 때까지 무슨 수를 써서라도 부인 마님을 지켜 달라고요. 만에 하나 여기에 계시다가 사고라도 당하시면 제가 어떻게 그 죄를 감당하겠습니까? 제발 저의 입장도 생각해 주십시오."

"하아……. 경께서 그렇게까지 말씀하시니 어쩔 수 없군요. 알겠습니다. 그럼 저는 일단 관사 쪽으로 가 있을 테니 부디 조심하세요."

"감사합니다! 어서 부인 마님을 모시도록!"

"네!"

지금 성안에서 가장 중요한 사람은 바로 보병 대장을 맡고 있는 벡스다.

그만이 유일하게 병사들을 통솔할 수 있었고 작전을 진행할 수도 있었다.

그런 이상 그의 의견을 무조건 묵살할 수도 없는 노릇이다. 그렇기에 결국 남작 부인도 고집을 꺾을 수밖에 없었다.

콰앙! 콰쾅!

여전히 투석기는 무서운 기세로 공격을 퍼붓고 있었다. 그로 인해 벌써 성벽 여기저기가 파괴되었지만 그에 못지 않게 렌탈 영지군과 영지민의 반응 속도도 빨랐다.

그들은 돌이 날아오지 않는 틈을 이용해 잽싸게 부대 자루를 이용해 방벽을 보수하고 있었다.

하지만 그럼에도 불구하고 성벽 여기저기에는 자꾸만 구멍이 많아졌다.

게다가 성벽을 보수하기 위해 접근하던 영지민도 상당수 희생을 당할 수밖에 없었다.

끊임없이, 꾸준히 이어지는 빈번한 투석 공격 탓에 벌어진 비극이었다.

그러던 사이 어느 순간, 갑자기 투석기 공격이 끝났다.

보수조차도 이제는 더 이상 힘든 상황이었기에 렌탈 영지의 사람들은 그나마 안도의 한숨을 돌리는가 싶었다.

그러나 그런 그들의 희망은 금방 절망적으로 바뀌어 버렸다.

"충차는 어서 성문으로 진격하라! 돌격 부대는 사다리 부대와 함께 성벽을 공략하라!"

"와아아아~!!"

크롤 영지군은 이제 충차와 사다리를 앞세워 본격적인

공격에 돌입한 것이다.

이미 성벽은 만신창이로 변해 버린 상황이기에 사다리 부대와 돌격 부대의 움직임은 그만큼 편해진 상태였다.

게다가 그들은 동시에 모두 공격에 가담한 상황이라 할 수 있다.

그나마 마법 부대가 나서지 않는 것은 이들을 믿기에 부리고 있는 일종의 자만인지도 몰랐다.

"모두 침착해라! 겁먹을 필요 없다! 보병들은 화살을 쏴서 적들의 접근을 최대한 저지하고 나머지는 어서 끓는 기름을 가져와라!"

"네!"

적들이 성벽에 올라서는 순간, 성의 운명은 끝난다.

돌격해 오는 적은 모두 정예 부대인데다가 숫자도 월등히 많은 상황이라 일단 뚫리면 아예 방법이 없었다.

그렇기에 벡스는 목에 핏대를 세워 가며 영지민과 군사를 독려했다.

그나마 미리 준비를 하던 상황이라 그들의 대처는 생각보다 빨랐다.

"쏴라!"

핑핑핑핑!

"끄악!"

"켁!"

크롤 백작군이 성에서 멀찍이 떨어진 곳에서 진지를 구축했을 당시야 거리가 멀어서 참을 수밖에 없었지만, 돌격 부대와 사다리 부대, 충차 부대까지 다가오는 지금도 가만히 있을 필요는 없었다.

그렇기에 영지군은 아까와 달리 아낌없이 화살을 퍼붓기 시작했다.

충차 부대원들이야 충차를 방어막 삼아 계속 돌진이 가능했지만, 돌격 부대와 사다리 부대원들은 이때 잠시 주춤할 수밖에 없었다.

앞서 달려가던 동료들이 무더기로 쓰러지는 모습을 보고도 태연하게 달려갈 수는 없는 노릇.

"적들이 잠시 멈추었다고 방심하지 말고 어서 쏴라!"

"발사!"

핑핑핑!

화살은 아직 많았다. 그렇다고 끝없이 쏠 수 있는 정도는 아니었지만, 벡스는 최소한 얼마간은 버틸 만하다고 생각했다.

그러나 그의 그런 생각은 착각도 큰 착각이었다.

"동료가 죽은 것이 억울하면 더 빨리 뛰어라! 죽기를 작정하고 달려들면 그까짓 화살쯤은 아무것도 아니다! 그리고 방패 부대는 어서 사다리 부대부터 엄호하라!"

"알겠습니다! 모두 공격~!"

"와아아아~!"

화살 공격으로 인해 크롤 영지군의 돌격 부대원들과 사다리 부대원들이 벌써 수십 명 이상 쓰러졌지만, 더그한은 전혀 아랑곳하지 않고 여전히 공격 명령을 내렸다.

그러자 사다리 부대원들 곁으로 빠르게 방패 부대원들이 따라붙었다.

그들은 날아오는 화살을 방패로 튕겨내며 사다리 부대원들이 성벽 아래에 무사히 도착할 수 있도록 도와주었다.

그리고 사다리 부대원들은 성벽에 도착함과 동시에 사다리를 바로 가설했다.

그야말로 눈 깜짝할 사이에 성벽 여기저기에는 사다리가 연결되고 있었다.

그러자 이번에는 크롤 영지군이 환호성을 내질렀다.

"와아아아아~! 사다리가 설치되었다. 모두 돌격 앞으로~!!"

"버릇없는 적들을 죽이자!"

그러고는 곧바로 돌격 부대원들이 재빨리 사다리를 이용해 성벽 위로 기어 올라가기 시작했다.

그 순간만 해도 크롤 영지군은 곧 성의 함락이 이루어 질

것이라고 믿었다.

　그런데…….

　"지금이다! 모두 기름을 부어라!"

　촤아아아~!

　"으아악~!"

　"앗! 뜨거!"

　쿵! 쿵!

　또다시 벡스의 명령이 떨어지자 성벽 위에서 뜨거운 기름이 쏟아지기 시작했다.

　기름의 온도가 어찌나 뜨겁던지 앞쪽에서 올라가던 자의 머리 가죽이 홀랑 벗겨질 정도다.

　게다가 뒤쪽에 따라 올라가던 자들도 그 뜨거움으로 인해 추풍낙엽처럼 줄줄이 바닥으로 떨어질 수밖에 없었다.

　그야말로 아비규환이 벌어지는 상황이다.

　그렇게 전쟁은 잔혹한 광기로 점차 분위기를 더해가고 있었다.

　한동안 두 진영의 공성과 수성은 특별한 진전이 없는 상태로 고착 상태를 이어갈 수밖에 없었다.

　상황이 이렇게 되자 더그한은 바짝 애가 달았다.

　"으드득! 이 하잘것없는 놈들이 용케도 버텨내는구나. 빌어먹을! 이렇게 되면 사상자가 커진다고 해도 어쩔 수 없지. 정말 이러고 싶지는 않았지만 모두 네놈들이 자초한 일이니 나를 원망하지 말기를……. 마법병단은 즉시 앞으로!"

"킬킬킬, 이제야 불러주시는군요. 총사령관 나으리."

"좀이 쑤셔서 혼났습니다그려."

전장을 지켜보던 더그한이 이를 갈더니 결국 마법사들을 불러내었다.

그들은 모두 최하 3서클 이상의 마법사들인데다가 그중 대다수는 4서클의 실력자들이었다.

그들이 성안으로 마법을 쏟아부을 경우 그 피해는 상상을 초월할 터였다.

그야말로 렌탈 성의 위기는 지금부터가 진정한 시작이라고 할 수 있었다.

2

한편, 성으로 귀환하던 도중 퍼쉬 준남작이 관리하는 장원에 들른 렌탈 영지군의 본대는 모두 마을 회관 앞으로 이동하고 있었다.

숀의 지시에 따라 포로들을 모두 회관 안으로 넣기 위해서다.

"모두 정지! 이곳에서 잠시 쉬면서 다음 지시를 기다리시오!"

"알겠습니다!"

마침내 회관 앞에 도착하자 숀은 일단 영지군을 쉬게 한 다음 자신은 렌탈 남작과 함께 퍼쉬 준남작이 있는 곳으로 향했다.

그가 있는 곳은 장원 안에 있는 창고 앞이었는데 거기에는 이미 수많은 사람들이 뭔가를 나르고 있었다.

"아직 멀었나요?"

"거의 다 되어 갑니다. 말씀하신 대로 며칠 동안 먹을 수 있는 음식을 준비하는 거라 생각보다 시간이 조금 걸리는군요. 그런데 정말 음식 상태로 그냥 둬도 괜찮을까요? 요즘 날씨가 따뜻해서 하루면 상할 텐데요?"

사실 음식을 마련하는 일은 그렇게 어렵지 않았다.

퍼쉬 준남작의 장원은 제법 수확하는 곡식량이 많은 곳이었고, 그런 탓에 큰 무리가 따르지 않기도 했다.

그러나 그 조리한 음식을 며칠 동안 두고 먹는다는 것이 문제였다.

어떤 음식이든 상온에서는 상하게 마련.

"그건 염려하지 마세요. 우리에게는 그 문제를 간단하게 해결해 줄 수 있는 분이 계시거든요. 그렇지요, 멀린 마법사님?"

"네? 아, 네네, 보존 마법을 걸면 일주일은 끄떡없을 겁니다."

숀이 갑자기 자신을 보며 이런 말을 건네자 멀린은 살짝 당황했다.

그러나 이제는 숀과 손발이 척척 맞는 그인지라 얼른 당황함을 감추고 이렇게 큰소리를 쳤다.

사실 보존 마법으로 음식을 일주일이나 이상 없게 만들려면 마법 서클이 5서클은 되어야 한다.

어찌 보면 실언을 한 것이다.

그러나 이곳에서 그런 내용까지 알 수 있는 사람은 멀린을 제외하고는 아무도 없었기에 그 누구도 그의 실력이 알려진 것보다 훨씬 높다는 사실을 눈치챌 수는 없었다.

"오오! 그런 방법이 있었군요. 이거 제가 멀린 마법사님이 계시다는 것을 깜빡했네요. 죄송합니다."

"괜찮습니다. 이제 어서 회관으로 가시지요."

음식 준비도 다 된 것 같아 보이자 이번에는 멀린이 서둘렀다. 숀의 마음을 짐작한 탓이다.

그러자 다들 다시 회관으로 향했다.

그럴 때 렌탈 남작이 숀의 곁으로 다가와 슬쩍 말을 걸었다.

"그런데 숀 선생."

"네, 영주님."

"겨우 마을 회관에다가 단데스 녀석들을 가두어 두려는 것은 아니겠지요?"

그는 지금까지 내내 이 점을 걱정하고 있었다. 말이 그렇지 정말 힘들게 잡은 자들이다.

비록 나중을 위해서 죽이지는 않았지만 아직도 렌탈은 단데스를 제거하고 싶은 마음이 굴뚝같았다.

그만큼 위험한 인물인 탓이다. 만일 숀이 전범으로 몰아서 배상금을 받아야 한다는 말만 하지 않았어도 진작 죽였을 터였다.

그런 자들을 이곳에 두었다가 혹시 탈출이라도 하게 되는 날엔 정말 큰일이라는 생각이 들었기에 이런 질문을 할 수밖에 없었다.

"물론입니다."

"그럼 무슨 좋은 방법이라도 있소?"

"사실은 제가 고대의 마법진을 하나 알고 있습니다. 우연히 얻은 지식인데다가 저는 마법을 모르기 때문에 혼자 설치할 수는 없습니다만, 멀린 마법사가 있는 이상 큰 문제는 없을 겁니다."

숀은 포로들을 이곳에 두기로 결심할 때부터 이런 거짓말을 준비해 두었다.

사실은 중원의 유명한 기관진식의 달인이 만든 진을 이용할 생각이었지만 그런 것을 전혀 모르는 이곳사람들에게 진의 효능을 이해시킬 수 있는 방법이 없었다.

그러니 또다시 멀린을 물고 들어갈 수밖에…….

"오! 그런 것이 있었구려. 난 그것도 모르고 오는 내내 그것 때문에 괜한 고민을 했나 보오. 허허……."

"죄송합니다. 진작 설명을 해드리려고 했는데 워낙 서둘러야 하는 바람에 깜빡했나 봅니다."

"괜찮소. 지금 중요한 것은 그런 것보다 포로들 문제를 해결하게 되었다는 것 아니겠소? 아무리 생각해 봐도 손 선생을 만난 것은 조상님들의 가호가 아닐까 싶소."

역시 렌탈은 속 좁은 사람이 아니었다. 만일 이런 경우 다른 영주 같았으면 크게 화를 냈을지도 몰르지만 그는 오히려 손에게 고마워했다.

"시간이 별로 없습니다. 어서 이곳의 일을 끝내고 최대한 빨리 성으로 돌아가야 합니다."

"알겠소, 퍼쉬 준남작! 어서 서두릅시다!"

"네! 영주님! 들었으면 어서 다들 빨리빨리 움직여라!"

"네!"

퍼쉬 준남작은 아직 상황이 어떻게 돌아가는지 알지 못했지만 렌탈 남작의 말이나 태도에서 어느 정도 사태의 심각성을 느꼈는지 얼른 수하들을 독촉했다.

"다들 잘 들으시오. 이제부터 당신들은 우리가 다시 돌아올 때까지는 이곳에서 머물러야 할 것이오. 일주일치 식량은 두고 갈 것이니 사이좋게 나누어 먹도록 하시오."

"으드득! 시끄럽다! 당장 어서 이 오라를 풀고 정중히 대하지 못하겠느냐! 내 비록 운이 나빠 네놈들의 함정에 빠지긴 했다만 그래도 명색이 자작이다! 이제 곧 둘째 왕자님이신 크리스티안 저하께서 오실 것이니 냉큼 내 명을 들으……."

쫘악!

"크악!"

손이 단데스 영지군을 둘러보며 이렇게 한마디 하자 갑자기 단데스가 고개를 치켜들며 큰소리를 땅땅 쳤다.

하지만 그의 호통은 이질적인 소리와 함께 급속도로 사라졌다.

바로 손이 그의 귀싸대기를 갈겼던 것이다.

보고 있던 렌탈 영지 사람들의 가슴을 후련하게 해주는 통쾌한 한 방이었다.

"이봐, 노친네. 잘 들어. 아직도 정신을 못 차리고 자꾸 헛소리를 하는데 한번만 더 허튼소리를 하면 이번에는 뺨이 아니라 노친네의 중요한 부위가 박살 날지도 몰라. 조심해."

"으으... 으으으......."

숀은 단데스의 중요한 부위를 노려보며 이렇게 말했다.

그러자 단데스도 숀의 시선을 따라가다가 그것이 자신의 생명만큼 소중한 곳임을 깨닫고는 더 이상 아무 말도 하지 못했다.

남자로서 참 중요하고 중요한(?) 그곳을 저자라면 분명히 박살 내고도 남을 것이란 불길한 예감에 마른침을 삼킬 따름이었다.

그처럼 간단하게 단데스의 입을 다물게 만든 숀은 음식이 모두 안에 놓인 것을 확인하자 곧 멀린으로 하여금 보존 마법을 걸게 했다.

"시간의 흐름이여~ 이곳에서 잠시 쉬어갈지어다. 프레저베이션~!"

샤라라랑~

그러자 멀린은 이런 주문을 외우고는 양손을 쭉 펼쳤다.

그러자 기묘한 소리와 함께 은빛의 가루가 그의 손을 떠나 음식들 위로 내려앉았다.

"됐습니다."

"좋소, 그럼 나와 함께 나가서 이 주변 일대에 마법진을 펼치도록 합시다."

"네."

모든 준비가 끝났다고 생각했는지 숀은 포로들만 남긴 채 남아 있던 사람들을 모두 회관 밖으로 나가게 하였다.

그러고는 준비해 두었던 나뭇가지를 이곳저곳에 꽂기 시작했다.

그리고 멀린은 그의 옆을 따라다니며 주문 같은 것을 중얼거렸다.

남들이 보면 숀이 꽂고 있는 나뭇가지에 그가 주문을 거는 것 같은 모습이다.

어쨌든 그렇게 포로들을 일주일 이상 완벽하게 가두어 둘 수 있는 진의 설치가 모두 끝나자 숀은 다시 렌탈에게 다가가 이렇게 말했다.

"제가 먼저 출발하는 것이 나을 것 같습니다. 예감이 영 좋지 않거든요."

"하지만 선생 혼자 가서 어떻게 하려고 그러시오? 혼자 먼저 도착한다 해도 상황이 뒤바뀔 리도 없잖소. 그럴 바에는 그냥 우리와 함께 갑시다."

벌써 시간적으로 봤을 때 성이 공격당하고 있을 확률이 높았다.

그렇기에 숀은 이런 말을 했던 것이지만 렌탈은 이성적인 판단으로 이런 결론을 내렸다. 그런 렌탈의 말은 확실히 틀린 말은 아니었다.

"당장 어떻게 할 수는 없겠지만 최소한 영주님께서 오시기 전까지는 시기적절한 작전은 세울 수 있을 것입니다. 그러니 보내주십시오."

"저도 함께 가겠습니다."

이번에는 멀린 또한 따라나섰다. 그러자 렌탈도 어쩔 수 없다는 듯 고개를 끄덕였다.

여러 가지로 불안한 점은 많았지만 그나마 유능한 두 사람이 먼저 나서는 것이 조금이라도 더 유리한 방향으로 가리라 생각한 모양이다.

"그럼 그렇게 하시오. 대신 한 가지만큼은 약속해 주어야겠소."

"말씀하시지요."

"우리가 도착할 때까지 절대로 먼저 나서서 화를 자초해서는 안 되오."

"그렇게 하겠습니다. 그럼 이만……."

말이 끝나자마자 숀과 멀린은 빠르게 질주했다.

이제는 렌탈 일행도 포로가 없으니 훨씬 빨리 달릴 수는 있겠지만 여전히 숫자가 많고 가지고 가야 할 짐도 있었기에 바로 그들을 뒤쫓기는 무리였다.

그것을 알고 있는 숀이기에 멀린과 먼저 가기로 정한 것이다.

그리고 그렇게 얼마를 달렸을까. 일행이 보이지 않는 곳에 도착하자 얼른 말을 세우고는 곧장 내렸다.

"갑자기 왜······."

"왜는······. 상황이 급하니 더 빨리 가려고 그러지. 어서 내 손을 잡게나."

"하, 하지만······."

손의 말에 멀린이 지난 일이 떠올라 얼굴에 두려움을 드러내며 한 걸음 주춤 뒤로 물러났다.

그러자 손은 번개처럼 그의 팔을 낚아채더니 곧바로 하늘 높이 떠올랐다.

"사람 살려~!"

"어허, 누가 잡아먹나? 제발 나잇값 좀 하라고."

또다시 멀린이 겁에 질려 소리를 질렀지만 손은 여전히 웃으며 그의 말을 무시했다.

그렇게 두 사람은 순식간에 점이 되어 하늘로 솟구치듯 그 자리에서 사라져 버렸다.

3

손과 멀린이 렌탈 성 근처에 도착했을 때는 이미 모든 공격이 끝나고 쥐 죽은 듯이 고요한 상태였다.

만일 손 혼자 왔다면 앞으로 어떤 일이 벌어질지 금방 알 수 없었을지도 모른다.

그만큼 양측 진영은 침묵 속에 놓여 있었다.

"우왝~!"

"어허, 이 사람이… 벌써 몇 번째인데 아직도 그렇게 골골 거리는 거야?"

"주, 주인님의 손에 끌려서 날아다니는 것은 정말 사양하고 싶습니다. 이건 아무리 여러 번 경험을 한다고 해도 절대 적응할 수 있는 일이 아니라니까요."

한동안 하늘을 질주해 온 탓에 막 도착한 멀린이 구역질하며 고요를 깨뜨렸다.

너무 어지럽다 보니 속이 울렁거렸던 탓이다.

"아무튼 약골이라니까. 그래 가지고 어떻게 이 험한 세상을 살아가려고 하는 건지 원……."

"하지만 주인님을 알게 되기 전까지는 정말 잘 살고 있었단 말입니다!"

약골 소리에 화가 났는지 멀린이 버럭 소리를 질렀다.

"어? 지금 그거 나한테 소리 지른 거 맞지?"

손이 그런 멀린을 슬쩍 쳐다보며 한마디를 던졌다.

그러자 언제 그랬냐는 듯 멀린은 금방 자라목이 되어서

다 기어들어 가는 목소리로 겨우 다시 말을 이었다.

이럴 때 더 깨졌다가는 저 무서운 인간에 의해서 골로 갈 게 분명했다.

"그, 그럴 리가요. 그냥 그렇다는 거죠. 뭐. 그나저나 지금 뭔가 이상한 것 같지 않습니까? 양쪽 진영에서 서로 대치하고 있는 상황은 분명한데 왜 이렇게 조용할까요?"

"나도 그게 조금 이상해. 이쪽저쪽에서 들려오는 신음 소리로 보면 꽤 큰 전투가 있었던 것 같은데 말이야. 저기 성벽을 보라고. 아주 걸레처럼 변해 있어."

위기를 모면하기 위해 말을 돌렸지만 이건 그냥 넘어갈 사안이 아니었다.

가만 보니 이상해도 너무 이상했던 것이다.

"휴우, 저 정도면 투석기 공격이 꽤 오랫동안 지속되었었겠는데요? 성안에 다친 사람도 많겠어요."

"성벽이 기름으로 범벅된 것으로 보아 내가 지시했던 대로 잘하긴 한 것 같군. 일단 들어가 보면 어느 정도 지금의 사태를 알 수 있겠지. 어서 가보자고."

두 사람이 내려선 곳은 크롤 영지군과 렌탈 성 모두가 잘 보이는 지점이었다.

작은 숲이 있어 두 사람은 그들에게 보이지 않겠지만 말이다.

어쨌든 멀린도 손도 어째서 지금 조용한 것인지 궁금했지만 도무지 알 수가 없자 손은 일단 성안으로 들어가기로 결정했다.

그런데…….

"잠, 잠깐만요!"

"응? 왜?"

"뭔가 이상합니다. 이건 아무래도 마나가 집결하는 기운 같은데요?"

손이 다시 멀린의 손을 잡고 허공으로 날아오르려는 순간, 갑자기 멀린이 손에 힘을 주며 그런 그를 제지했다.

뭔가 이상한 낌새를 눈치챈 모양이다.

"마나가… 집결하는 기운이라고? 그건 무슨 뜻이지? 좀 더 자세하게 말해봐."

"아시다시피 지금 제 마나서클이 5서클입니다. 그건 저보다 서클이 낮은 마법사가 마법을 쓰기 위해 마나를 끌어모으면 그것을 바로 알 수 있다는 말도 되지요. 그런데 지금 크롤 영지군 쪽 진영에서 누군가가 마나를 모으고 있습니다. 그것도 한두 명이 아닙니다."

비록 마법은 모르는 손이지만 지금 멀린의 말뜻이 무엇인지 정도는 금방 알 수 있었다.

"그럼 마법사 놈들이 지금 공격 준비를 한다는 뜻인가?"

"아무래도 그런 것 같습니다. 그게 아니고서야 전쟁터에서 쓸데없이 마나를 모을 일은 없겠지요. 현재 상황과 맞춰서 생각해 보니 이건 보통 일이 아닙니다. 어서 뭔가를 해야 할 것 같습니다."

이번에는 멀린이 서둘렀다.

그는 초조한 얼굴로 숀을 바라보며 이렇게 말을 했다.

아직 뭘 해야 할지 뚜렷이 떠오르지는 않는 것 같았지만, 멀린의 태도로 보아 정황이 그리 좋지 않은 것만큼은 분명해 보였다.

"자네 저들이 마법 공격을 시작하면 막을 수는 있겠나?"

"아직 그런 경우를 겪어보지 않아서 장담할 수 없지만 어느 정도 가능할 것 같기는 합니다. 단지 여기서는 힘듭니다만……."

"그럼 어디가 좋겠나?"

만일 4서클 정도의 마법사 여러 명이 동시에 성을 향해 공격마법을 쏟아붓게 되면 엄청난 희생자가 생길 게 분명했다.

아무리 숀의 능력이 대단하다지만 지금은 그로서도 좋은 방법이 떠오르지를 않았다.

시간이 더 있다면 몰라도 만에 하나 당장 공격이 시작되면 그가 나서도 희생자를 줄이기는 쉽지 않을 것 같았다.

"공격이 날아오는 곳에 있어야 합니……."

"그럼 어서 가세!"

슈우욱~!!

"흐어어업!"

멀린의 말이 끝나기도 전에 숀은 그의 팔을 다시 움켜쥐더니 그야말로 번개가 보고 형님이라고 부를 만큼 빠른 속도로 허공을 날아갔다.

그 바람에 멀린은 또다시 비명을 지르고 싶었지만 안간힘을 써서 그것을 속으로 삼켰다.

여기서 소리를 지르게 되면 모두의 시선을 끌 수 있다는 것이 문득 떠오른 덕분이다.

파팟!

"헉! 숀 선생님이시다! 멀린 마법사님도 오셨다!"

그렇게 두 사람은 성안에 모습을 드러냈다.

그러자 그들을 발견한 영지군들이 이렇게 외쳤다. 반가운 소식을 접한 보병 대장 벡스가 그 소리를 듣고 부랴부랴 달려왔다.

"숀 선생님! 드, 드디어 오셨군요!"

벡스가 두 손을 활짝 들며 서둘러 숀을 향해 다가갔다. 그런 벡스를 제지하며 숀은 한 손 검지를 자신의 입에 대며 모두를 진정시켰다.

"다들 조용히 하시오! 그리고 벡스 경은 지금 즉시 성안의 모든 사람을 우리로부터 최대한 떨어지라고 하시오. 어서!!"

"알겠습니다. 모두 뒤로 물러나라! 빨리 물러나란 말이다!"

우르르르~!!

어째서 손이 나타나자마자 이런 명령을 내리는 것인지 아무도 몰랐다.

그러나 영지군은 물론 영지민까지도 누구 한 명 그의 명령에 반항하거나 의문을 표하는 사람도 없었다.

그건 그만큼 손을 신뢰한다는 의미였다. 그리고 그러한 믿음이 얼마나 중요한 것이었는지는 금방 알 수 있었다.

"파이어 볼~!"

"아이스 볼~!"

"썬더 볼트~!"

슈와아아아앙~!

"적들의 마법 공격이 날아온다! 모두 조심하라~!!"

비록 작은 소리기는 했지만 어디선가 마법 주문을 외치는 소리와 함께 무시무시한 기음이 들려왔다.

잠시 후 그 뒤를 이어서 빨간 불덩어리와 새하얀 얼음덩어리 그리고 퍼런 빛을 뿌리는 전격 마법 등이 성을 향해 날아오기 시작했다.

허공을 가르며 날아오는 마법의 구체들은 어찌 보면 장관이라 할 만했다.

그만큼 여러 가닥의 마법이 형형색색 빛을 띤 채 날아왔던 것이다.

성루에 있던 병사들이 그것을 보고 안색이 하얗게 변한 채로 있는 힘껏 소리를 질렀지만 그것들은 어느새 성안으로 곧장 떨어져 내렸다.

그야말로 성안이 불바다와 얼음굴로 변해 버리기 직전이었다.

하지만 바로 그때,

"모든 것을 막아낼지어다! 그레이트 실드~!!"

화아악~!

콰앙! 쾅! 쾅! 쿠르르르르~!!

멀린이 주문을 크게 외치자 그의 몸으로부터 어마어마하게 큰 투명의 막이 뿜어져 나가더니 금방 그와 손 그리고 일대까지 뒤덮어 버렸다.

동시에 마법의 불덩어리 등이 그 막에 부딪치며 엄청난 폭발을 일으켰다.

Chapter 03

마법병단

건들면죽는다

1

크롤 영지의 마법병단에 속해 있는 마법사들은 4서클 마스터 마법사가 한 명에 동급 유저가 두 명 그리고 3서클 마법사가 두 명이다.

들리는 소문에 의하면 이 마법병단을 유지하는 데만도 한 달에 족히 200골드(우리 돈으로 약 1억)는 들어간다 하니 실로 엄청나다 할 만했다.

아무튼 그런 대단한 위용을 가진 마법병단의 마법사들이 한꺼번에 공격을 했으니 결과는 보나마나라고 해야만 했다.

최소한 명령을 내렸던 총사령관 더그한은 이번 공격으로 성의 절반 정도는 박살이 날 것이라고 생각했다.

하지만 결과는 그의 예상과 달라도 너무 달랐다.

성이 박살 나기는커녕 뭔가에 가로막힌 것 같았기 때문이다.

쿠쿠쿠쿵!

"이, 이럴 수가! 성안에⋯ 5서클 급의 마법사가 있다! 어, 어떻게 그럴 수가 있지?"

공격이 끝나자마자 마법병단장 월라스는 입을 딱 벌린 채 이렇게 중얼거렸다.

그러자 더그한이 그런 그에게 나무라듯 한마디 했다.

"그게 무슨 황당한 소리요! 갑자기 5서클 마법사가 있다니? 그게 지금 말이 된다고 생각하시오?"

칼론 왕국에 5서클 마법사는 단 한 명, 바로 왕궁 마법사 던컨뿐인 것으로 알려져 있다.

하지만 더그한이 알고 있기로 현재 던컨 마법사는 왕궁 안에 있었다.

그는 아직까지 중립을 지키고 있었기에 현 국왕인 루드리히 2세의 명령이 있기 전까지는 절대 궁을 떠날 리 없었던 것이다.

그런 상황인데 5서클 마법사라니!

이런 상황을 잘 알고 있는 더그한의 입장에서는 월라스의 말이 황당할 수밖에…….

"방금 우리의 마법 공격을 누군가가 막아냈습니다. 그건 5서클 이상의 마법사가 아니고서는 절대 할 수 없는 일입니다. 그가 궁정 마법사이신 던컨님이시든 아니든 성안에는 지금 분명 5서클 이상의 마법사가 있습니다!"

"허… 그, 그럴 수가…….'"

쿵!

그야말로 심장이 주저앉을 만큼 놀라지 않을 수 없는 이야기였다.

5서클 마법사라니……. 그건 검사로 따지면 소드 마스터급의 무서운 검사가 출현했다는 것과 맞먹을 만한 이야기다.

물론 그렇다고 그 한 명이 지금의 전세를 완전히 뒤바꿀수는 없었다.

하지만 확실히 아군에게는 크나큰 피해를 줄 만한 위험요소임에는 분명했다.

"하지만 너무 걱정하지 마십시오, 총사령관님."

"무슨 좋은 수라도 있소?"

월라스가 괜히 마법병단장이 된 것은 아니다.

그의 올해 나이는 육십구 세.

노인 중에서도 상노인이라 할 만했지만 그는 그야말로 천재라고 불릴 정도로 뛰어난 머리를 가지고 있었다.

만일 마법 실력이 단순히 머리로만 올릴 수 있는 것이었 다면 벌써 대마법사가 되고도 남았을 만큼 그의 두뇌는 뛰 어났다.

그런 그가 방법이 있다고 하니 일그러졌던 더그한의 얼 굴도 펴질 수밖에…….

"상대가 아무리 5서클의 마법사라고 해도 방금 전 우리 의 공격을 막느라 엄청난 마나를 소모했을 것입니다. 우리 가 비록 개개인의 능력은 그보다 떨어져도 수가 많지 않습 니까? 만일 한두 번만 더 공격을 퍼붓게 되면 그자의 모든 마나는 고갈될 것이고… 그 뒤는 아주 간단하지요. 더 이상 우리의 마법을 막아내지 못할 테니까요."

"오! 그게 사실이오? 그렇다면 정말 다행이구려. 그럼 어 서 공격하시오. 빨리 서두르지 않으면 이 전쟁에서 승리한 다고 해도 백작님께 문책을 당할지도 모르오."

애초 렌탈 성을 공격하기 위한 계획을 세울 때부터 가장 신경 썼던 부분이 바로 속도였다.

아무리 영지전이라고는 하나 어쨌든 같은 왕국의 사람들 이다.

렌탈 영지의 사람들이 특별한 잘못한 것도 아닌데 전쟁

을 일으킨 현재 상황에서 전쟁이 장기화된다면 다른 영지의 귀족들에게 비난받을 여지를 주게 된다.

그렇기에 속전속결로 일을 끝내고 그럴싸한 명분을 내세워야만 했다.

이미 명분은 만들어 놓았지만 전쟁이 늘어져서 자꾸만 소문이 퍼지게 되면 아무리 크롤 백작이라 해도 좋을 것은 없었다.

"이봐, 더그한."

"네! 각하!"

"공격이 시작되면 렌탈 성 함락까지 얼마나 걸리겠는가?"

"이틀이면 충분합니다!"

전쟁이 시작하기 직전 출전을 앞둔 그를 부른 크롤 백작은 다짜고짜 이런 질문을 했었다.

당시 더그한은 변수까지 감안해서 최대의 시간을 계산해서 대답을 했었다.

노련한 그의 입장에서 볼 때 전쟁에는 언제나 변수가 숨어 있게 마련이었던 것이다.

"하루로 줄이게. 아니, 기왕이면 그 절반의 시간 안에 끝내는 것이 가장 좋겠지. 정보원들의 보고에 의하면 현재 렌탈 성 안에는 병사들이 얼마 없다고 하더군. 그러니 최대한 빨리 끝내게. 알겠는가?"

"알겠습니다!"

하지만 더그한의 주군 크롤 백작은 그에게 이런 특명을 내렸다.

그리고 어지간한 변수가 있다 한들 그 정도는 지킬 수 있다고 생각했다.

그렇기에 그도 씩씩하게 대답할 수 있었다. 그런데 지금 상황은 어떠한가?

물론 이기고 성을 함락하는 것은 기정사실이라고 할 수 있지만 벌써 반나절은 지나가 버렸다.

이제는 시간이 흐르면 흐를수록 그에 대한 크롤 백작의 실망감은 커질 것이 뻔했다.

그러니 그의 심정은 초조할 수밖에.

어쨌거나 여기까지 생각을 하던 더그한에게 이번에는 월라스가 이렇게 말을 건넸다.

"하지만 총사령관님, 모든 일에는 순서가 있는 법입니다. 어쨌든 상대는 무려 5서클 마법사입니다. 무식한 방법으로만 요리할 수 있는 존재가 절대 아니죠. 우리도 역시 무한정 마나를 쓸 수 있는 상황은 아니지요. 이럴 때일수록 상대의 피를 말리는 작전으로 나가야 합니다. 우선 우리부터 마나를 다시 모은 다음 산발적인 공격을 먼저 하는 겁니다.

그렇게 되면 상대는 방어막을 펼치고 있어야 할 시간이 길어지게 될 테고 그건 곧 그의 마나가 모두 소진되는 결과를 가져오겠지요. 바로 그때, 최후의 공격을 날린다면 결국 그자도 쓰러질 것입니다. 물론 성안도 풍비박산 날 것입니다."

"그런 방법이 있었구려. 그렇다면 좋소. 어서 다음 공격을 준비하시오. 그동안 우리는 산발적인 공격을 퍼부어서 그대들이 무엇을 하는지 알아차릴 수 없게 적의 혼란을 야기해 보겠소."

아무리 급해도 월라스의 말을 무시할 수는 없었다.

마법사들이 실력 있는 기사들을 은근히 두려워하듯이 반대로 기사들은 마법사들에 대한 막연한 공포를 가지고 있었다.

붙어야지 싸울 수 있는 그들에게 장거리 공격이 가능한 마법사들은 어쨌든 골치 덩어리였던 탓이다.

"그거 아주 좋은 방법입니다. 그럼 대략 한두 시간 정도만 시간을 끌어주십시오. 그사이 저희는 마나를 모으는 것은 물론 몇 가지 마법을 메모리하고 있겠습니다. 아참, 기왕이면 투석기를 조금만 더 활용해 주시면 좋겠네요. 그게 성안으로 떨어지는 것을 보면 그 마법사가 돌을 막기 위해 마나를 더 쓰게 될지도 모르니까요."

"무슨 말씀인지 알겠소이다! 내 그대의 말에 따를 테니 다음을 부탁하오."

"맡겨주십시오. 클클……."

윌라스의 말에 더그한은 고개를 끄덕이며 이렇게 대꾸하더니 윌라스의 기괴한 웃음을 뒤로한 채 곧바로 다른 기사들이 있는 곳으로 향했다.

방금 전의 말대로 산발적인 공격을 지시하기 위해서다.

"투석기를 다시 준비하라!"

"투석기 공격 준비!"

그그긍…….

뒤로 물려 놓았던 투석기가 다시 앞으로 나서며 그 위용을 드러냈다.

어쩌면 이들이 더욱 무서운 점은 바로 이런 모습인지도 몰랐다.

적이 아무리 약해도 완벽하고 철저하게 승리하려는 마음가짐.

그게 바로 크롤 영지군이었다.

2

갑자기 나타나 엄청난 마법 공격을 막아냈다.

그 한 가지만으로도 멀린은 영웅이 될 만했다.

"와아아아~! 멀린 마법사님 만세!"

"오오! 멀린 마법사님, 정말 위대하십니다!"

아직 뭐가 어떻게 된 것인지 잘 몰랐지만 그가 성을 구한 것만큼은 두 눈으로 똑똑히 보았으니 이런 반응이 나오는 것도 당연했다.

그러나 막상 당사자는 사람들의 칭송에도 기뻐할 수 없었다.

"후아, 후아……."

"왜 그렇게 헐떡거리나?"

"이번 방어막에 마나를 갑자기 너무 쏟아부었더니 현기증이 생기는 것 같습니다."

아직 멀린은 5서클 마스터가 되지 못했다.

그렇기에 이번 한 번의 방어만으로도 이처럼 힘겨워했다. 그 모습을 보고 슌은 혀를 찼다.

"쯧쯧, 아무튼 허약하다니까. 아무래도 안 되겠어. 어서 날 따라오게."

"어, 어디를 가시게요?"

"왜? 그냥 버티고 싶나?"

스윽…….

"그, 그럴 리가요."

이미 두 사람의 출현을 알아차리고 벡스와 남작 부인 그리고 마하엘이 다가오고 있었지만, 숀은 그들을 아예 보지도 않은 채 멀린과 함께 성벽 위로 올라갔다.

그곳은 이미 여기저기 꽤 부서져 있었지만 그런 것은 관심도 없었다.

"숀 선생님!"

"숀 선생님!"

그들이 성벽 위에 도착할 즈음에 갑자기 아래쪽에서 목청껏 숀을 부르는 사람들이 있었다.

바로 보병 대장 벡스와 남작 부인이다. 두 사람의 옆에는 마하엘도 따르고 있었다.

"모두 안쪽으로 물러나 계십시오! 곧 적들의 다음 공격이 이어질 것입니다. 이야기는 나중에 하기로 하고 지금은 일단 들어가 계세요! 벡스 경! 어서 부인을 모셔요!"

"알, 알겠습니다."

"그럴게요. 가자, 마하엘."

"네……"

하지만 숀이 워낙 강경하게 이야기하는 바람에 그들은 다시 관사 쪽으로 다시 들어갔다.

그리고는 서둘러서 관사의 위층으로 올라갔다. 관사의 가장 꼭대기 층에서 보면 성벽 위는 물론 그 너머도 잘 보이기 때문이다.

"대체 무엇을 하려고 위험하게 성벽 위로 가신 걸까요?"

"그건 저도 잘 모르겠습니다. 워낙 생각이 깊고 신묘한 작전을 생각해 내시는 분이라서요."

남작 부인의 질문에 벡스가 고개를 갸웃거리며 이렇게 대답했다.

그러자 이번에는 마하엘이 나섰다.

"이제 크롤 영지 놈들은 끝장 날 거예요! 두고 보세요. 숀 선생님은 정말 무서운 분이시거든요!"

"그래, 이 어미도 그렇게 믿고 싶구나."

숀의 진짜 능력을 어느 정도라도 알고 있는 사람은 마하엘이 유일했다.

그는 당시의 일을 착각이라고 생각했었다가 최근 숀이 기사 대장 벨룸과의 대결을 보게 되면서 확신할 수 있었다. 숀이야말로 엄청난 실력자라는 것을.

하지만 그의 말을 진짜로 믿어 주는 사람은 단 한 명도 없었다.

다들 어린아이의 동경에서 비롯된 소리라고 치부할 뿐이다. 그게 억울했지만 마하엘도 더 이상 말을 하지 않았다.

그런데 바로 그때…….

부아앙~

"앗! 또다시 투석기 공격이 시작되는 것 같아요! 저 두 분을 어서 피하라고 하세요! 어서요!"

"알겠습니……."

투석기가 날아오는 소리를 착각할 리는 없었다. 그 소리는 그야말로 소름이 끼칠 정도로 크고 웅장했기 때문이다.

그렇기에 남작 부인은 벡스에게 가장 먼저 숀과 멀린의 안부부터 챙기게 하였다.

물론 벡스 역시 그러기 위해서 바로 대답을 하곤 다시 나가려고 했다.

하지만 그 상태로 그는 마치 석상처럼 얼어붙을 수밖에 없었다.

실로 너무나 믿을 수 없는 광경을 목격했기 때문이다.

휘이익~ 기기기깅!

퍼서석… 툭, 툭, 투투툭…….

방금 전 소리와 함께 날아든 거대한 돌은 멀린과 숀이 서 있는 성벽 쪽으로 다가왔다.

저대로라면 두 사람을 넘어 관사까지 박살 낼 수도 있을 것 같았다.

하지만 바로 그때, 갑자기 숀의 몸이 허공으로 날아올랐다. 그러고는 허리에 차고 있던 검을 허공에서 꺼내 들더니 미친 듯이 그것을 휘둘렀던 것이다.

그와 동시에 성안의 모든 사람들의 눈을 의심케 하는 일
이 벌어졌다.

바로 거대한 돌덩어리가 그의 검에 의해 산산조각이 나
더니 모두 바닥으로 힘없이 떨어지는 것 아닌가!

두 눈으로 똑똑히 보고서도 믿기 힘든 광경이었다.

"저, 저럴 수가……."

"저, 저건… 상급 이상의 실력 같은데……. 으으, 말도 안
돼! 설마 저 정도 실력이셨을 줄이야……."

그나마 영지군 가운데서도 노련한 병사들과 기사인 벡스
만큼은 방금 전 숀의 능력이 최소한 소드 익스퍼트 상급 수
준 이상임을 어느 정도 짐작할 수 있었다.

그러나 일반 사람들의 눈에는 그것은 바로 신의 능력이
나 다름없었다.

그렇기에 그들은 일단 환호했다.

"와아아아~!! 숀 선생님 만세~!"

"숀 선생님께서 우리를 구해주기 위해서 나타나셨다!"

그리고 그제야 성안의 모든 사람들은 숀이 나타났다는
것을 확실하게 알 수 있었다. 하지만 막상 당사자는 여전히
천연덕스러웠다.

"이거참……. 어쩔 수 없이 손을 썼더니 시끄러워서 못살
겠네, 쩝……."

투덜거리듯 말하는 숀의 말에 멀린은 감탄 어린 표정으로 응대했다.

"정말 주인님께서는 대단하신 분입니다. 저는 지금까지 그렇게 환상적인 검술을 쓰는 기사는 본 적이 없습니다. 혹시 주인님께서 바로 그 소드 마스터 아니신가요?"

비록 소드 마스터의 상징인 오러 블레이드가 피어 오른 것은 아니었지만, 견문이 넓고 학식이 풍부한 멀린은 숀의 능력이 소드 마스터 급이라고 추측했다.

숀의 입장에서 볼 때는 정녕 가소로운 일에 불과했지만 말이다.

"허튼소리 말고 자네는 이제 한 번만 더 힘을 쓰게."

"한 번만 더… 라니요?"

자신은 기껏 숀을 칭찬하며 설레는 가슴으로 질문을 던졌지만 숀은 권태로운 목소리로 이렇게 말할 뿐이다.

어리둥절해 하는 멀린에게 딱히 시선을 돌리는 것 없이 숀은 말을 이어나갔다.

"나는 기의 흐름은 정확히 파악할 수 있어. 그렇지만, 마법사들의 마나는 거리가 멀면 잘 분간이 안 되거든. 그러니 천생 어떤 놈이 마법을 사용하는 것인지 일단 봐야 할 것 같아. 그리고 공격 마법의 성질도 좀 알아두는 것이 좋을 것 같아서 말이야. 그러려면 방법은 한 가지밖에 없잖아."

"아! 무슨 말씀이신지 이제야 할 것 같습니다. 그러니까 저쪽 마법사들이 자시금 공격할 때를 기다렸다가 그것을 저더러 막으라는 말씀이시죠?"

"그래, 맞아. 그 한 번이면 충분해. 물론 그때 공격했던 놈들은 모조리 후회하게 되겠지만. 전쟁에서 함께 싸울 수밖에 없는 상대편 병사를 죽이는 것은 어느 정도 이해할 수 있어. 그런 놈들은 때에 따라서는 살려주기도 하지. 하지만 난 같은 전쟁이라 해도 아무 죄도 없는 백성들을 괴롭히거나 공격하는 놈들은 절대 용서가 안 되거든."

숀의 말을 이해하기는 했지만 그의 다음 말은 아무리 멀린이라 해도 섬뜩하게 들릴 수밖에 없었다. 다른 사람이 이런 말을 했다면 속으로 비웃었을지도 모른다. 어쨌든 적군 속에 있는 마법사들은 강력한 기사들의 보호 속에 있을 뿐더러 워낙 멀리 떨어져 있었기 때문이다. 그러나 말한 당사자가 숀이었기에 멀린은 갑자기 상대편 마법사들이 불쌍하게 느껴지기 시작했다

차라리 제발 공격하지 말기를 바라면서…….

하지만 늘 그렇듯이 그들은 지금 자신들이 최고라는 생각을 하고 있었으며 이번에 잘만 하면 무려 5서클 마법사를 잡을 지도 모른다는 엄청난 착각 속에 빠져 있을 뿐이었다.

거리가 어느 정도 있다 보니 크롤 영지군 측에서는 숀의 살벌한 검술을 제대로 볼 수가 없었다.

다만, 그의 옆에 서 있는 사람이 마법사의 복장을 하고 있었기에 그자가 마법 실드로 돌을 튕겨냈다고 추측할 뿐이었다.

게다가 이후 날아간 투석기의 돌들은 숀이 있는 쪽으로 가지 않았기에 더욱 그의 능력을 확인할 수 없었다.

그렇기에 투석기는 더욱 신나게 공격을 퍼부었고 그로 인해 렌탈 성벽 곳곳에는 더 많은 상처가 생겨났다.

그러는 사이에도 시간은 자꾸만 흘러가 어느덧 두 시간 이 훌쩍 지나가 버렸다.

마침내 마법병단의 마법사들은 마나를 모두 끌어모을 수 있었다.

뿐만 아니라 각종 공격마법을 최단시간에 끌어낼 수 있는 메모리 작업도 끝낼 수 있었다.

"모든 준비가 끝났습니다!"

"이제 투석기의 탄환도 얼마 남지 않아 그렇지 않아도 기다리고 있었소. 그럼 이제 다음 공격을 대기해 주시오."

"알겠습니다. 언제든지 명령만 내려주십시오!"

그들이 이처럼 다음 공격을 준비하려고 할 때, 렌탈 성의 동쪽에서 심상치 않은 움직임이 나타났다.

그것은 처음에는 나무들이 바람에 흔들리는 것이라고 착각할 만했지만 가만 보니 나무가 흔들리는 것치고는 그 움직임이 너무 빠르고 간격이 넓었다.

"선두 제자리!"

"제자리!"

"이곳에서 적들의 동태를 좀 더 살펴본 다음 움직이도록 한다!"

"네!"

그것들은 나무가 아니라 나무로 온몸을 위장한 일단의 무리였다.

그들은 성으로 들어가기 위해 조심스럽게 이동하고 있는 렌탈 남작과 영지군이었다.

렌탈 남작은 퍼쉬 장원을 벗어나자마자 숀과 멀린의 뒤를 쫓아 쉬지 않고 달렸고, 마침내 성이 보이는 곳까지 도착할 수 있었다.

그래도 퍼쉬 장원에서 이곳은 거리가 가까운 편이기에 숀보다 세 시간 정도 늦게나마 도착할 수 있었던 것이다.

하지만 그대로 성안으로 들어갈 수는 없었다. 그러기에는 적들의 포위가 워낙 견고했기 때문이다.

그렇기에 성이 투석기 공격을 고스란히 맞고 있을 때도 이들은 참으며 이처럼 기회만 노리고 있을 수밖에 없었다.

"숀 선생님은 무사히 성안으로 들어갈 수 있었을까요?"

"글쎄다, 아직은 잘 모르겠다만 아마 그분의 능력이라면 충분히 들어갔을 것이다."

그때 로브로 얼굴을 가리고 있던 파비앙이 렌탈에게 다가와 급히 질문을 던졌다.

그러자 렌탈은 수심이 가득한 얼굴로 이렇게 대답했다.

그 역시 주변 적들의 규모가 워낙 엄청나 행여 숀과 멀린이 변을 당하지 않았을까 걱정이 되었을 터였다.

단지, 그렇게 말을 했다가는 파비앙이 무슨 짓을 저지를 지 몰라 돌려 말한 것뿐.

―갸릉~ 갸르릉~

"그래, 꼴라. 네 말대로 분명 안으로 들어가셨을 거야."

끄덕끄덕끄덕……

렌탈 남작의 말이 끝나기가 무섭게 갑자기 파비앙의 품속에서 꼴라가 머리를 내밀더니 뭐라고 떠들었다.

그 모습에 렌탈은 인상을 찌푸렸지만 파비앙의 안색은 훨씬 밝아졌다.

신기하게도 그녀는 꼴라의 말을 알아듣는 듯했다. 사실 숀이 꼴라를 그녀에게 맡긴 것은 좀 더 전이었다.

그는 단데스 자작을 함정으로 몰아넣으면서 꼴라로 하여금 철저하게 그녀를 지키도록 지시했었다.

그들이 막바지에 몰리면 행여 돌발 행동을 할지도 모른다는 걱정이 들었던 탓이다.

그리고 이후 지금까지 꼴라는 천국과도 같은 파비앙의 품 안에서 행복하게 지낼 수 있었던 것이다.

그 시간이 조금 흐르자 자신의 영력으로 파비앙과도 어느 정도 간단한 의사소통이 될 수 있게끔 힘을 썼다.

아직 손조차도 모르는 일이었지만.

"영주님! 저기를 보십시오! 성벽 위에 누군가 있습니다."

"오, 그렇구나. 대체 누가 저 위험한 성벽 위에 올라가 있단 말인가."

"여기… 이것으로 확인해 보시지요. 이것도 특별히 선물해 드리겠습니다."

그런 가운데 기사대장 벨룸이 얼른 다가와 렌탈에게 이런 말을 전했다.

그가 가리키는 곳을 보니 과연 성벽 위에는 두 명의 사람이 서 있었다.

워낙 거리가 멀어서 잘 보이지는 않았지만 사람인 것은 확실했다.

누구인지 정말 궁금하다는 생각이 들 때 이번에는 소피

아 상단의 셋째 장로 던컨이 다가와 렌탈 남작에게 뭔가를 건네주었다.

그건 바로 드워프제 최신 휴대용 망원경이었다. 물론 그들에게는 같은 제품이 한 개 더 있었다.

"허허, 이렇게 고마울 때가 있나. 아무튼 잘 쓰겠소."

"별말씀을요."

어떤 물건이든 가장 필요할 때 있는 것이 더욱 소중한 법이다.

지금 렌탈 남작에게 있어서 망원경이 딱 그랬다. 그렇기에 그는 진심으로 셋째 장로가 고마웠다.

"오옷! 저, 저들은 숀 선생과 멀린 마법사요! 어째서 저렇게 위험한 곳에 올라가 있는 것일까?"

"아버지! 저도 한 번 볼게요. 제발 볼 수 있게 해주세요."

"으음……. 알았다. 여기 있으니 너도 보거라."

렌탈이 너무 놀라 자신도 모르게 이렇게 외치자 파비앙이 그런 그에게 애원을 했다.

차라리 조용했으면 몰라도 어차피 상황이 모두 알려진 후인지라 렌탈도 어쩔 수 없이 그녀에게 망원경을 넘겨줄 수밖에 없었다.

"정말… 숀 선생님이시네요. 아아, 저기에 있다가 투석기 공격에 당하시면 어쩌시려고……."

"투석기로 한 지점을 정확히 맞추기는 어렵다. 그러니 너무 걱정하지 말거라."

파비앙의 눈에는 아예 멀린은 들어오지도 않는지 그녀는 오로지 손만을 이야기했다. 이미 그런 그녀의 마음을 알고 있는 렌탈은 고개를 절레절레 흔들며 이렇게 위로를 해주었다.

"하지만……."

"지금은 그런 걱정을 할 때가 아니다. 우리도 무슨 수를 쓰던 성안으로 들어가야 하니 다시 망원경을 이리 다오."

"네……."

계속 보고 있으면 더 걱정이 될 게 뻔했다. 때문에 렌탈은 아예 그녀에게서 망원경을 다시 회수했다.

그리고 이런 상황은 크롤 진영에서도 비슷하게 일어나고 있었다.

"지금 성벽 위에 올라와 있는 녀석 중 한 명이 멀린 마법사라고?"

"그렇습니다. 그것으로 보아 아무래도 렌탈 영지 안에는 두 명의 마법사가 있는 것 같습니다. 저기 보이는 멀린과 정체를 알 수 없는 5서클 마법사가 말입니다."

크롤 영지의 마법병단장 월라스 역시 드워프제 망원경으로 성벽 위를 바라보고 있었다.

마법 공격을 펼치기 전 대체 성벽 위에 있는 사람들이 누구인지 궁금했던 탓이다.

그리고 그로 인해 중대한 사실을 알아낼 수 있었다.

마법사가 한 명인지 두 명인지를 알아내는 것만으로도 큰 성과라고 할 만했다.

"그럼 조금 전 세웠던 작전에 차질이라도 생기는 거요?"

"약간의 마나가 더 소모되기는 하겠지만 큰 차이는 아닙니다. 특히, 저 멍청한 멀린이 자신을 먼저 죽여 달라고 성벽 위에 나타난 이상 일은 더욱 간단해 진 것이지요. 저자부터 바로 없앤 다음 아까처럼 성안으로 공격하게 되면 될 테니까요."

"저자도 꽤 잘나가는 마법사로 알고 있소만?"

과연 더그한은 꼼꼼했다. 윌라스가 큰소리를 치고 있어도 그는 확인하고 또 확인했다.

"그래 봤자 4서클 유저인 자입니다. 저보다도 한참 하수이지요. 저런 자는 단 한 번의 집중공격으로도 바로 죽일 수 있습니다."

"그럼 이제 어서 시작하시오! 더 이상 시간을 지체할 수는 없소."

"알겠습니다!"

또다시 더그한의 입에서 죽음의 명령이 떨어졌다.

그러자 월라스는 아까보다 더욱 징그러운 미소를 지으며 마법병단의 단원들이 모여 있는 곳으로 다가갔다.

그러고는 바로 월라스는 마법병단 단원들에게 공격 명령을 하달했다.

"모두 메모리한 마법을 장전하라!"

"벌써 준비는 끝났습니다."

"이번 목표물은 전방에 보이는 성벽 위 오른쪽에 있는 자이다! 모두 타깃을 확인했는가?"

"네! 단장님!"

마법사들은 동시에 멀린의 위치를 파악했다. 그러자 드디어 명령이 떨어졌다.

"발사!"

"파이어 볼~!"

"썬더 볼트~!"

"아이스 볼~!"

"파이어 애로우~!"

부아아앙~!!

두 번째 거대한 마법의 구체들이 허공을 가르며 공격을 시작했다.

그리고 그것들은 살벌한 소리와 함께 멀린과 숀이 있는 쪽으로 날아갔다.

Chapter 04

소드마스터의 등장?

건들면죽는다

1

비록 적들이 아군을 죽이기 위해 쏘아낸 마법이기는 했
지만 그건 정말 장관이라고밖에 표현할 수 없었다.

들판 쪽에서 성벽을 향해 일제히 날아가는 마법의 구체
들. 굳이 망원경으로 보지 않아도 그것들은 모두 한곳을 향
해 날아가고 있음을 알 수 있었다.

"꺄아악~! 숀 선생님!"

"오, 맙소사!"

가장 먼저 파비앙이 비명을 질렀다. 그리고 그 바로 뒤로
렌탈 남작의 탄식이 뒤따랐다.

그뿐 아니라 렌탈 영지군 모두는 그 순간, 두 눈을 질끈 감고 말았다.

결과가 뻔하다고 생각한 탓이다.

그러나…….

"그레이트 실드~!"

화아악~!!

콰앙! 쾅쾅쾅! 쿠르르르~!

우렁찬 멀린의 목소리와 함께 또다시 투명의 거대 막이 이번에는 성벽 위에 펼쳐졌다.

그리고 곧바로 모든 마법 공격들은 그 막에 부딪치며 엄청난 폭음과 함께 사라져 갔다.

실로 화려한 장관에 이어 또 다른 장관이 펼쳐지는 순간이다.

"와아아아~! 멀린 마법사님 만세!"

"만세!"

그것을 보고 성안에서는 또다시 환성이 터져 나왔다.

아니, 숨어 있던 렌탈 남작의 일행도 작게나마 같은 환호성을 질렀다.

그만큼 렌탈 영지군의 입장에선 감동적인 순간이었던 것이다.

물론 그것은 크롤 영지의 마법병단주조차 예측하지 못했

던 광경이었다.

예상치 못했던 존재, 멀린이 5서클 마법사임이 밝혀지는 순간이었다.

하지만 그는 재빨리 이성을 되찾으며 입술을 깨물었다.

"그래 봤자 5서클 마법사 한 명뿐이다! 어서 당장 다음 공격을 개시하라!"

"알겠습니다. 그럼 명하신 대로 화염 마법사인 저부터 시작하겠습니다! 파이어 볼~!"

"다음은 접니다! 파이어 애로우~!"

애초부터 5서클 마법사를 잡을 각본은 이것이었다.

우선 먼저 4서클 마법사 한 명과 3서클 마법사 세 명이 공격을 가한다.

그런 다음 그것이 막히면 다른 4서클 마법사와 남아 있는 3서클 마법사가 그다음 공격을 퍼붓는다.

그렇게 세 번 정도만 하게 되면 아무리 5서클 마법사라고 해도 마나가 고갈될 것이고, 그때 모든 마법사가 힘을 합쳐 마지막 공격을 하면 게임은 끝나는 것이다.

그리고 그 작전의 첫 번째 공격이 이렇게 시작되었다.

그런데…….

"후후, 이제 알겠군. 이봐, 멀린."

"네! 주인님!"

"나머지는 나에게 맡기고 자네는 이제 구경이나 하면서 좀 쉬고 있게."

"알겠습니다. 하지만 벌써 공격이 날아옵니다!"

이 다급한 상황 속에서도 숀은 멀린에게 이처럼 한가한 소리나 하고 있었다.

멀린은 숀을 믿으면서도 곧바로 두 번째 마법 공격이 날아오자 똥줄이 타는지 버럭 소리부터 질렀다.

그러자 그제야 숀이 천천히 일어나며 차고 있던 검을 꺼내 들었다.

"감히 내 앞에서 잔재주를 부리다니……. 이제부터 그게 얼마나 큰 잘못인지 깨닫게 해주마! 타하앗~!"

비비빙~!

그러고는 곧 검에 엄청난 기를 주입하며 이렇게 외쳤다. 그러자 그의 검에서 엄청난 길이의 검기가 솟구쳐 올랐다.

그런 상태로 숀은 날아오고 있는 마법의 구체들 쪽으로 날아갔다.

슈캭! 퍼엉~!

슈가각~! 펑! 펑!

놀랍게도 그렇게 날아간 그가 구체를 향해 검을 휘두르자 마법의 구체가 그 자리에서 산산 조각이 나버렸다.

그렇지만 거기에서 끝난 게 아니었다. 그는 파이어 애로

우를 그렇게 없애고는 허공에 뜬 상태 그대로 빙그르르 몸을 돌리더니 이번에는 파이어 볼마저 박살 내버리는 것 아닌가!

"오, 오러 블레이드다! 오오, 이럴 수가……."

"소, 소, 소드 마스터다! 전설 속의 소드 마스터가 강림하셨다~!"

"와아아아아~!"

이건 그야말로 기적이었으며 렌탈 영지민에게는 감동 그 자체였다.

보라! 허공 가득히 수놓아져 있는 마법의 파편들을, 그리고 그 앞에 당당히 떠 있는 위대한 숀의 모습을.

"오오, 저, 저럴 수가……. 숀 선생께서 소드 마스터였다니……."

"영주님! 이제 우리는 살았습니다! 소드 마스터가 우리를 돕고 있으니 이 전쟁은 무조건 승리할 수 있습니다!"

"와아아아~!"

숨어 있다는 사실조차 잊은 지 오래였다.

렌탈 남작마저 감격에 겨워 자리에서 벌떡 일어나 소리를 질렀으니 수하들이야 오죽했겠는가.

허공에 늠름하게 떠 있는 숀의 모습이야말로 전설 속에서나 들어볼 수 있던 영웅의 모습 그대로였다.

"아버지! 저기를 보세요!"

하지만 그게 끝은 아니었다. 모두와 함께 감격해서 오로지 손만 바라보고 있던 파비앙의 입에서 큰 소리가 터져 나왔다.

그리고 모두의 시선에 손이 번개처럼 빠르게 크롤 진영으로 날아가는 모습이 들어왔다.

"마법사라는 자들이 감히 아무 죄도 없는 백성들을 향해 공격을 퍼붓다니! 용서 할 수 없다!"

"막, 막아라!"

위잉~! 서걱!

"켁!"

그리고 곧 마법병단이 모여 있는 곳으로 가더니 검을 휘두르기 시작했다.

가장 먼저 마법 병단주인 윌라스가 기사들 뒤로 숨으며 그들에게 공격을 명령했지만 기사는 물론 숨어 있던 윌라스까지 단숨에 둘로 나눠지고 말았다.

그건 정말로 무시무시한 장면이었다.

"어, 어서 저자를 공격하라!"

"죽어랏~!"

"내가 응징하는 동안 다가오지 마라. 다가오면 모조리 죽는다!"

서걱! 서거걱!

"끄악~!"

"케엑!"

월라스가 죽자 마법사들은 마치 불이 난 들판에서 살기 위해 이리저리 날뛰는 메뚜기처럼 튀어 오르며 도망을 쳤다.

그리고 그런 마법사들을 구하기 위해 용감한 기사들이 숀의 앞을 가로막았지만 그건 그야말로 허무한 죽음을 불러들일 뿐이었다.

이미 오러 블레이드가 잔뜩 올라와 있는 숀의 검은 걸리는 것은 무엇이든 잘라 버렸다.

그게 기사들의 검이든 목이든 혹은 허리든 버틸 수 있는 것은 아무 것도 없었다.

그러자 기사들도 결국 겁에 질려 물러설 수밖에 없었고 그러는 사이 모든 마법사들은 결국 목 없는 시신으로 변해 버렸다.

"이, 이, 이럴 수가……. 철갑 기사단은 어서 나의 명령을 받아라!"

"철갑 기사단 명을 받듭니다!"

처처척!

숀이 마법을 모두 파괴하고 성난 늑대처럼 마법병단이

있는 곳으로 날아와 그들을 모두 주살하는 데 걸린 시간은 모두 합쳐도 겨우 삼 분 남짓이었다.

워낙 짧은 시간이었기에 더그한은 이게 정말 현실인지 꿈인지조차 분간이 가지 않을 정도였다.

하지만 꿈이라 해도 그냥 넋을 놓고 구경만 할 수는 없었기에 그는 결국 크롤 영지 최고의 정예 부대인 철갑기사단을 불러내었고, 곧 온몸을 철제 갑옷으로 뒤덮은 무서운 기사단이 그 위용을 드러냈다.

"모두 저자를 죽여라!"

"존명! 가자!"

"와아아아!"

두두 두두두!

철갑기사단의 인원은 모두 서른세 명.

그들은 모두 소드 익스퍼트 초급 이상의 강자들이었으며 기사 단장은 중급의 실력자였다.

아직까지 이들은 수많은 전투를 치러 오는 동안 단 한 번도 패배해 본 적이 없는 무적을 구가해 온 만큼 설혹 상대가 소드 마스터라 해도 절대 기죽지 않고 있었다.

바야흐로 전투는 이제야 본격적으로 시작되었다고 할 만했다.

전설로만 들어보던 소드 마스터가 나타났다는 말은 삽시간에 성 구석구석까지 퍼져 나갔다.

"아 글쎄, 숀 선생님께서 알고 보니 소드 마스터시래!"

"그, 그게 정말이야?"

"아따, 이 사람, 그게 진짜인지 가짜인지는 나와 같이 성벽 위로 올라가 보면 알 것 아닌가!"

사람들은 자신의 대에서 소드 마스터를 볼 수 있다는 생각에 위험을 무릅쓰고 자꾸만 성벽 위로 기어 올라갔다.

처음에는 영지군들이 그들을 제지했지만 그것도 한계가 있었다.

영지군에 비해 올라오는 사람의 수가 훨씬 많았기 때문이다.

"그냥 두어라! 어차피 지금 당장은 위험하지 않을 테니……."

"알겠습니다, 대장님!"

결국 벡스가 나서서 상황을 정리하고 나서야 다들 질서정연하게 한 명씩 성벽 위로 올라갈 수 있었다.

하지만 그렇다고 다 올라갈 수 있는 것은 아니었다.

일부는 남작 부인의 너그러움으로 관사 꼭대기에서 보았

고, 또 일부는 교회 종탑 위에서 보았으며 이도 저도 자리를 차지하지 못한 사람들은 성안에서 가장 높은 집의 지붕 위에 서서 성 밖을 바라보았다.

비록 워낙 멀어서 누가 누구인지 구별하기 힘들긴 했지만 그래도 숀의 위치만큼은 정확히 알아볼 수 있었다.

그의 검에서만 유독 파란 오러 블레이드가 줄기줄기 뻗쳐 나왔기 때문이다.

"와~! 저게 말로만 듣던 오러 블레이드라는 거구나. 휴우, 정말 멋지다!"

"그러게, 나도 크면 숀 선생님처럼 훌륭한 검사가 될 거야!"

"어이구! 겁쟁이 주제에 꿈도 야무지네. 네가 소드 마스터가 되면 난 그랜드 마스터가 될걸?"

꽁! 꽁!

"아야!"

"이놈들아! 네깟 놈들이 감히 숀 선생님을 모독해? 소드 마스터가 뉘 집 개 이름인 줄 아느냐? 허튼소리 그만하고 일이나 열심히 해!"

소년들이 그 모습을 보며 이런 꿈을 꾸기 시작하자 어른 하나가 나서서 그들의 머리에 알밤을 먹이며 이렇게 호통을 쳤다.

괜히 턱도 없는 꿈을 꾸다가 인생을 망치는 경우도 허다하다는 것을 아는 탓이다.

아무튼 이제 관객들은 더욱 늘어난 상태였고 그에 반해 전쟁터의 한복판의 열기는 더욱 뜨거워지고 있었다.

"우우~ 철갑기사단이 나가신다! 어서 항복하라!"

"큭큭, 이건 완전히 애들 같군. 내 이것들을 그냥 확~!"

우르르르…….

철갑 기사단이 말 위에 앉아 일제히 마상 창을 꺼내 들자 다른 병사들이 그들 대신 분위기를 잡으며 슌을 압박했다.

하지만 슌이 그런 그들을 향해 달려들듯 허세를 부리자 그들은 일제히 뒤로 물러섰다.

어찌 보면 참 한심한 광경이다.

그 모습을 보고 기분이 나빴는지 기사단의 선두에 서 있던 자가 슌을 향해 다가왔다.

그러자 동시에 기사단도 그와 보폭을 같이했다.

이건 그야말로 철벽이 다가 오는 기분이 들 만큼 섬뜩한 상황이다.

게다가 지금 크롤 영지군 진영에 아군은 단 한 명도 없는 상황이다.

아무리 두려움이 없고 실력이 엄청난 슌이지만 기분이 좋을 리는 없었다.

"나는 철갑 기사단장 스펜서다. 지금이라도 잘못을 뉘우치고 검을 내려놓으면 목숨만은 살려주… 켁!"

툭… 떼구르르…….

"나는 말 많은 놈이 제일 싫어. 특히, 이럴 때는 기분이 더 더럽거든."

"허억! 단, 단장님께서 돌아가셨다!"

"어서 저자를 쳐라!"

주춤…….

괜히 말 한마디 잘못 꺼냈다가 목이 잘려서 땅바닥에 구르게 된 기사단장 스펜서다.

그의 너무나도 허무한 죽음에 기사단은 분노가 치솟았지만 그럼에도 감히 슌을 향해 대들지는 못했다.

아무리 용감하다 한들 그들 역시 두려움을 아는 인간인 탓이다.

저벅저벅… 휘익~ 턱!

"내가 지금부터 진짜 검사가 어떤 것인지를 알려주마. 아울러 소드 마스터의 위용도 보여주지. 간다! 이랴~!"

그들이 주춤하는 사이 슌은 태연하게 걸어가더니 방금 죽은 기사 대장의 몸뚱이를 말 위에서 슬쩍 밀어내더니 그 위에 훌쩍 올라탔다.

동시에 박차를 가하며 기사단을 향해 달리기 시작했다.

―히이이잉~!

다그닥 다그닥~!

"어서 막아라!"

쉬잉~ 서걱!

"……."

툭… 떼구르르…….

그 모습을 보고 기사 부대장이 소리를 지르며 앞을 막아섰지만 딱 그 순간뿐이었다.

그 역시 맥없이 목이 사라지며 말에서 떨어졌던 것이다. 그리고 그것이 시작이었다.

두두두두~!

서걱!

"크악!"

위잉~!

"켁!"

들판을 질주하며 검을 휘두르는 그의 모습은 책에서나 볼 수 있는 영웅의 모습 그대로였다.

그의 앞을 가로막는 자는 모두 추풍낙엽처럼 말 위에서 떨어져 나갔고 보병들은 아예 일찌감치 도망치기 일쑤였다.

비록 단 한 명이었지만 그의 위용 앞에 오백 명이나 되는 크롤 영지군은 그저 종이 인현이나 마찬가지였다.

그리고 마침내 그의 등 뒤로 일단의 무리가 달려오기 시작했다.

바로 백배 용기를 얻은 렌탈 남작과 그의 영지군이다.

"숀 선생님! 저희가 왔습니다! 겁이 나서 숨어 있다가 이제야 나타났다 이 말입니다!"

"잘 오셨습니다, 렌탈 남작님. 지금이라도 함께 싸울 수 있다는 것은 그만큼 용기가 있다는 뜻입니다. 그러니 부끄러워하실 필요 없습니다."

어느새 렌탈 남작은 숀에게 제대로 된 존칭을 쓰고 있었다. 그건 그만큼 그도 숀의 능력에 감복했음을 뜻했다.

그러나 숀은 그런 그를 말리지 않았다.

이제 어차피 자신의 신분도 밝혀야 할 때가 다가오고 있음을 느꼈던 탓이다.

지금껏 숨겨져 왔던 자신의 진짜 신분을 말이다.

"감사합니다! 이 렌탈 위대하신 검사 앞에서 목숨을 걸고 싸울 것을 감히 맹세합니다. 모두 나를 따르라!"

"와아아아아~!"

전쟁은 수의 싸움이 아니라 사기의 싸움이다.

이날 숀은 그 점을 모두에게 똑똑히 알려주고 있었다.

그가 선두에서 화려한 오러 블레이드를 휘날리며 달려가

면 그 뒤를 따라 렌탈 영지군이 크롤 영지군을 작살내기 시작했다.

이제 크롤 영지군은 아예 싸움을 포기할 정도였다.

하긴 아무리 숫자가 많아도 최강이라는 철갑 기사단이 먼저 도망을 쳤고 가장 믿고 있던 마법 병단은 몰살한 상태다.

그뿐인가.

그들의 가장 우두머리인 총사령관 더그한은 이미 전의를 상실한 채 허탈한 모습으로 멈춰 서 있었다.

이제 크롤 영지군이 싸울 이유는 아예 없었다.

"더 이상 희생자를 내고 싶지 않군요. 그러니 이쯤에서 항복하는 게 어떻겠습니까?"

"대체… 당신은 누구요?"

숀이 그런 더그한에게 다가가 항복을 권유하였다.

그러자 더그한은 멍한 눈빛으로 그런 숀을 바라보다가 겨우 이렇게 물었다.

그의 기억 속에는 칼론 왕국 안에 이런 강자는 없었기 때문이다.

스윽…….

"나는 칼론 왕국의 셋째 왕자님이신 루카스 그분의 외아들이라네."

그래도 상대가 총사령관이라서 그랬을까?

숀은 갑자기 더그한을 향해 아주 가까이 다가가더니 말위에서 허리를 숙여 그의 귀에 이렇게 속삭였다.

"그, 그게 무슨……?! 저, 정말로 루카스 왕자 저하의 아드님이시냐는 말입니다!"

"쉬잇! 아직은 비밀일세. 내가 자네에게 비밀을 알려주는 이유는 앞으로 자네도 내 사람이 되라는 뜻이었지. 그게 싫으면 그냥 스스로 자결하게. 비참한 최후를 바라지 않는다면 말이야."

숀은 맺고 끊는 것이 분명한 사람이다. 어떨 때는 한없이 너그럽기도 하지만 아닐 때는 가차 없는 사람이기도 했다.

아직 더그한은 그런 그의 성향을 몰랐지만 한 가지만큼은 분명했다.

이 사람이야말로 그가 언제나 속으로 존경했던 루카스의 아들이라는 것을.

둘째 왕자 측의 세력에 들어 따르고 있었지만, 사실 더그한은 셋째 왕자가 왕국에 영향을 미치던 시절의 따뜻함을 가슴으로 이해하는 사내였다.

그렇기에 루카스를 존경하고 있었는데, 눈앞의 사내가 바로 그의 후예임을 밝혔다.

그리고 그 눈빛은 흔들림이 없었고, 이를 보던 와중 셋째 왕자와 닮은 외모를 발견하기에 이르렀다.

그 이후의 더그한은 너무나도 자연스럽게, 몸이 가는 대로 행동했다.

그는 조용히 말에서 내리더니 손의 발등에 키스를 하였다.

"신, 더그한! 앞으로 충성을 바치겠습니다!"

그렇게 크롤 영지의 일차 공격은 간단하게 수습되고 있었다.

단 한 사람의 엄청난 능력으로 말이다.

Chapter 05
그의 정체

건들면 죽는다

1

칼론 왕국의 역사 이래 이런 전투는 없었다.

아니, 렌탈 남작의 기억 속에는 대륙의 전쟁사를 통틀어
도 이런 승리는 없었다.

"숀 선생님, 정말 감사합니다. 저는 아직도 지금의 상황
을 믿을 수 없을 정도입니다. 단테스 영지의 공격만 해도
이길 수 없다고 생각했었는데 설마 크롤 영지군의 공격까
지 완벽하게 승리하다니요."

"이게 모두 영주님께서 평소 덕을 많이 쌓으셨기에 가능
했던 승리였습니다. 게다가 멀린 마법사님의 도움도 매우

컸고요."

이번 대승리의 주역이자 핵심인 숀은 여전히 겸손했다.

이건 누가 잘하고 못하고의 문제가 아니었다.

아무리 잘난 사람들이 수없이 모여서 최선을 다했다 한들 숀이 없었다면 절대로 이길 수 없는 싸움이었다. 그것을 렌탈은 그 누구보다 잘 알고 있었다.

"물론 멀린 마법사님께서 어느새 5서클이나 되는 엄청난 분이었음을 이번에 깨달을 수 있기는 했습니다. 하지만 아무리 그렇다 한들 숀 선생님께서 없으셨다면 절대 불가능했던 싸움이었지요. 그건 저뿐 아니라 모든 영지민의 생각이 같습니다. 그러니 필요한 것이 있으면 말씀해 주십시오. 제가 할 수 있는 일이라면 무엇이든 해드릴 생각입니다."

렌탈의 이 말에 숀은 하마터면 파비앙이라고 외칠 뻔했다.

그가 렌탈 남작에게 받고 싶은 것은 그것 하나라고 할 수 있었기 때문이다.

물론 숨겨진 마음뿐이긴 했지만······.

"아직 우리 앞에 처리해야 할 일이 산더미입니다. 우선 아직 퍼쳐 장원에 가두어 둔 단데스 포로들을 데려와야 할 것이고 이번에 잡은 크롤 영지의 포로들도 단속해야 합니다. 게다가 크롤 백작은 이대로 그냥 참고 있지 않을 것이 분명합니다. 그는 어쨌든 일국의 백작입니다. 그런 이상 그의 가문과 협력하고 있는 영지도 상당할 터. 보나마나 그들과 손을 잡고 재차 침공을 계획할 것이 분명하지요. 그뿐이 아닙니다. 단데스 자작의 뒤에도 둘째·왕자가 도사리고 있습니다. 앞으로 정세가 어떻게 변할지는 모르겠지만 절대 쉬운 상황은 아니지요. 그런 만큼 방심은 아직 이릅니다."

"휴우, 듣고 보니 내가 너무 경솔했던 것 같군요. 그럼 앞으로 어떻게 하는 것이 좋겠습니까?"

이제 렌탈 남작에게 있어서 손은 치료를 잘하고 어느 정도의 검술 실력을 가지고 있는 그저 그런 손님이 아니었다.

그는 현재 영지 최고의 영웅이었으며 모두의 정신적인 지주인 동시에 렌탈 남작까지도 의지할 수밖에 없는 최고의 지략가이자 전설의 소드 마스터다.

그런 이상 그의 앞에서는 체면도 필요 없었고 가식도 필요 없었다. 오로지 진심만을 내세울 뿐.

"모든 일에는 순서가 있는 법이지요. 게다가 계속 전쟁을 치러야 할 경우 적들은 자신들의 배후에 있는 힘을 사용하려 할 것입니다. 그렇게 되면 영지전이 결국 왕자들의 난으로 발전할 가능성도 있다는 말이지요. 그때 가서 누구를 선택하실 생각이십니까?"

"으음……. 선생님께서 판단하실 때 꼭 선택을 해야 할 것 같습니까?"

방금 숀의 이번 질문은 사실 마지막 시험이나 마찬가지였다.

그는 렌탈·남작의 진짜 본심이 알고 싶었고 그것을 알아야지만 완전히 자신의 사람으로 받아들일지를 결정할 수 있었다.

물론 그가 자신의 아버지 루카스를 추종하는 사람이기에 단데스 영지와의 전쟁도 불사했다는 것은 알고 있었지만 그것만으로 정체를 밝히기에는 아직 불안했다.

"살기 위해서는 어쩔 수 없을 것 같습니다만……."

"휴우, 이제 선생님께 감출 것이 무엇이 있겠습니까? 이참에 모든 것을 털어놓는 것이 나을 것 같군요."

"잘 생각하셨습니다. 영주님의 본심을 알아야 그것에 맞는 작전을 세울 수 있을 테니까요."

다른 사람은 몰라도 숀이라면 어떤 이야기든 할 수 있었다. 그가 아니었다면 어차피 자신의 영지는 벌써 사라졌을 테니까 말이다.

"우스운 이야기일지는 모르겠지만 사실 저는 아직까지 루카스 왕자님을 기다리고 있습니다."

"루카스… 왕자님을요?"

언젠가 새벽에 렌탈 남작의 독백을 들었던 숀이었기에

그의 마음은 어느 정도 알고 있었다.

하지만 막상 눈앞에서 그런 말을 듣게 되자 아무리 숀이라 해도 괜히 가슴이 뛰었다.

"아, 물론 모든 사람들이 그분을 돌아가셨다고 생각하고 있다는 것은 압니다. 그러나 저는 반드시 살아계실 것이라고 믿고 있습니다. 그렇게 쉽게 돌아가실 분이 아니거든요."

"그것을 어떻게 자신하실 수 있죠?"

렌탈 남작이 워낙 확신을 하며 말을 하자 숀은 오히려 약간의 의심이 들었다.

혹시 이 사람이 과거 아버지를 죽이기 위해 움직였던 사람이 아닐까 싶었다.

그렇지 않고서야 이 정도까지 확실하게 말할 수는 없을 거라고 생각했다.

"내가 그분을 뵌 것은 왕궁 검술 대회 때였습니다. 당시 나는 겨우 열일곱 살의 풋내기였습니다. 그때는 참여를 한 것이 아니라 운이 좋아 아버지를 따라 구경을 갔던 거였지요. 그리고 보게 되었습니다, 셋째 왕자님의 화려한 검술 실력을. 그분은 상대보다 한 단계 아래였었습니다. 그런데도 그 대결의 승자는 놀랍게도 루카스 왕자님이셨습니다. 나중에 알고 보니 검술 단계가 소드 익스퍼트 초급의 검사가 중급의 검사를 이긴 예는 그게 왕국 최초였다고 하더군요. 물론 왕자님이라서 봐줬을 거라는 추측도 있었지만, 그건 싸움의 현장을 보지 못한 사람들의 헛소리일 뿐입니다. 당시 루카스 왕자님은 엄청난 투지를 앞세워 상대를 제압했던 것이거든요. 불가능했던 승부를 가능케 만들었던 분이 바로 그분입니다. 그런 분이 어떻게 그리 쉽게 돌아가실 수 있겠습니까?"

"그, 그랬군요. 저도 어느 정도 남작님의 심정을 이해할 수 있을 것 같습니다. 아울러 당신이야말로 진정한 남자라는 생각도요……."

렌탈 남작의 설명을 듣던 숀의 목소리가 떨려 나왔다.

아무리 전생의 기억을 가지고 있다고 한들 루카스는 분명 이생의 친아버지 아니던가.

그것도 어릴 때부터 자신을 진심으로 사랑해 주었던 그런 아버지다.

바로 그 아버지의 놀라운 무용담을 듣게 되자 우선 감격스러웠고 아직까지 그런 아버지를 추종하고 있는 렌탈 남작이 너무 고마웠던 것이다.

그리고 그로 인해 그는 마침내 결심할 수 있었다.

"숀 선생님… 괜찮으십니까? 어딘지 불편해 보이십니다만……."

"정식으로 인사드리겠습니다. 저는……."

숀의 목소리가 매우 떨려왔다. 그는 마른침을 잠시 삼킨 뒤 호흡을 정리하며 나머지 말을 이었다.

"…루카스 폰 루드리히 2세 왕자 저하의 아들 숀 폰 루드리히 2세입니다. 그동안 정체를 숨긴 점 이해해 주십시오."

"네넷? 루, 루카스 왕자님의 아드님이시라고요? 오오~! 신이시여~!"

숀이 자신의 본명을 밝히자 렌탈 남작의 얼굴이 새하얗게 변해 버렸다.

전혀 예상치 못한 상황 앞에서 크게 놀란 것이다.

하지만 곧 그는 천천히 숀의 앞에 무릎을 꿇기 시작했다.

자신이 그렇게도 기다려 왔던 루카스 왕자의 아들이 눈 앞에 나타났으니 당연히 지켜야 할 예의였다.

2

넓은 회의실 안에 모두 일곱 명의 인물이 둘러 앉아 있었다.

그중 중앙에 있는 상석에는 얼굴을 면사로 가리고 있는 밤그림자의 총수 소피아가 자리하고 있었고, 그의 좌측에는 첫째 장로와 둘째 장로가 앉아 있었다.

그리고 우측에는 셋째 장로와 넷째 장로가 조금은 피곤한 안색으로 자리했고, 그들의 등 뒤로는 훈련대장 부몬과 카를이 시립해 있었다.

카를은 숀이 다녀간 이후로 그의 귀띔으로 인해 얼마 전부터 정찰 대장으로 승진한 상태다.

그 덕분에 소피아 상단 소속의 물품을 담당자로 렌탈 영지의 전쟁에도 다녀올 수 있었다.

"방금 하신 말씀이 사실인가요? 정말로 그의 검에서 오러 블레이드가 솟구쳤다는 말입니까?"

"저와 조프리뿐만 아니라 저기 서 있는 카를 대장도 똑똑히 봤습니다. 그건 분명 엄청난 길이의 오러 블레이드가 확실했습니다."

지금 렌탈 영지군과 단데스 영지군의 전투뿐 아니라 크롤 영지와의 전투까지 모두 보고 온 장로들과 카를은 총수 앞에서 그때의 상황을 설명하고 있었던 참이다. 지금은 그들 중 셋째 장로 던컨이 총수의 질문에 대꾸하고 있었다.

그렇지 않아도 자신들이 두려워하고 있는 숀이 무서운 지략으로 단데스 영지군을 박살 냈다는 말을 듣고 심란해하고 있던 그들이다.

한데 뜬금없이 이번에는 숀, 그가 사실은 소드 마스터라니……

이건 그야말로 불난 집에 기름을 쏟아붓는 격이라고 할 만큼 끔찍한 말이었다.

그러니 총수도 믿을 수 없다는 듯 또다시 물어볼 수밖에……

"제가 알고 있기로 현재 슈덤벨 대륙을 통틀어서 소드 마스터에 올라 있는 인물은 아주 극소수입니다. 우리 왕국을 비롯한 일반 왕국에는 아예 단 한 사람도 없고, 그나마 마르콘 제국과 티세스 제국 안에만 존재하는 것으로 알려져 있을 뿐입니다. 오죽하면 우리 왕국의 사람들은 소드 마스터를 아예 전설 속에서나 볼 수 있는 존재라고 여기겠습니까. 그런데 갑자기 그 무서운 인간이 소드 마스터라니요. 휴우, 정말 들으면서도 믿기 힘드네요."

"저희도 보는 내내 몇 번이나 망원경을 돌려보며 경악할 정도였으니 이곳에 있는 분들이야 오죽하겠습니까? 하지만 숀, 그자가 소드 마스터라는 점은 결코 부인할 수 없는 사실입니다."

총수의 한탄에 던컨이 고개를 절레절레 흔들며 이렇게 대꾸했다.

솔직히 처음 숀과 상대했을 때만 해도 장로들은 그가 소드 마스터가 아닐까 생각해 보기는 했었다.

하지만 그건 그냥 생각만 해본 것이지, 실제로 그럴 것이라고는 상상조차 하지 않았었다.

그만큼 이 세계에서 소드 마스터의 존재는 너무나도 위대했다.

그러나 아마 이렇게 떠들고 있는 광경을 숀이 봤다면 또다시 한심하다는 듯 혀를 찼을 것이다.

이곳 사람들이 그렇게까지 높게 생각하는 소드 마스터라는 존재를 중원에서는 워낙 혼히 발견할 수 있었기 때문이다.

이들이 알고 있는 오러 블레이드는 결국 중원 검술로 따지자면 검기를 말한다고 할 수 있었다.

그러나 검기 정도는 숀이 살수로 위명을 날리기도 전부터 쉽게 사용할 수 있는 수준에 불과했다.

물론 고금 제일인으로 올라섰을 무렵에는 검기는 애들 장난 축에도 끼지 못할 정도였지만…….

"하아… 그럼 이제 우리는 어떻게 해야 하죠? 아직까지 그가 꼬집어서 말한 적은 없지만 우리가 만일 첫째 왕자님의 명령대로 렌탈 영지에 어떠한 해를 가하게 된다면 그는 절대 참지 않을 거예요."

"총수님, 그는 크롤 영지의 오백여 명의 군대를 혼자 모조리 작살낸 인간입니다. 그것도 마법병단까지 멀쩡한 상태에서 말입니다. 그런 괴물을 적으로 둘 수는 없습니다.

그랬다가는 우리도 복수는커녕 멸망할 것이 분명할 테니까요."

총수의 질문에 던컨이 다시 이렇게 대답했다.

그는 손의 무서움을 직접 목격한 처지라 절대 그와 적대시하고 싶은 마음이 들지 않았다.

하지만 밤그림자 총단 안에만 있던 다른 두 명의 장로들 생각은 조금 달랐다.

"아무리 대단한 소드 마스터라지만 그래 봤자 한 사람일 뿐이다. 그러나 둘째 왕자님의 측근에는 기라성 같은 기사들이 모래알처럼 많다. 그것을 잘 생각해 봐야 한다. 어찌한 손으로 그 넓은 하늘을 가릴 수 있겠느냐."

"하지만 형님, 그의 곁에는 무려 5서클에 올라 있는 마법사 멀린도 있습니다. 게다가 아직 미약한 힘이기는 해도 렌탈 남작 또한 벌써 그에게 홀딱 반한 것 같았습니다. 그러니 어찌 한 손이라고만 할 수 있겠습니까?"

한 명은 전설의 소드 마스터요, 또 한 명은 왕궁 마법사만이 올라 있다는 5서클의 마법사다.

그것만으로도 엄청난 전력임은 분명했다. 그런데 이제는 여차하면 영지의 주인인 렌탈 남작마저 그의 편을 들어줄 게 뻔했다.

그러니 던컨이 둘째 장로 콘라드의 말에 대뜸 반박을 할 수밖에.

"물론 아우의 말뜻이 무엇인지 나도 안다. 그렇지만 우리
는 지금 칼론 왕국 내에서 다시 가문을 부활시키느냐 마느
냐 하는 길목에 서 있는 것이다. 한 사람의 힘이 아무리 강
해도 그 혼자 왕국을 집어삼킬 수는 없는 노릇 아니겠느냐.
그런 만큼 왕위를 계승할 확률이 높은 첫째 왕자의 편을 들
어줘야 하는 것이다.

"그건 둘째의 말이 맞다. 우리는 무엇보다 가문을 다시
일으키기 위해 지금까지 힘을 합쳐 왔다. 그런 이상 힘만
강한 무식한 사람을 따르는 것보다는 확실히 모든 것이 갖
추어진 첫째 왕자를 따르는 것이 유리하다. 그러니 우선은
그렇게 결론짓고 렌탈 남작의 영지에 어떤 타격을 입혀야
할지 그 방법부터 모색해 보자꾸나."

이번에는 둘째 장로뿐 아니라 첫째 장로까지 나서서 아
예 결론을 지어 버렸다.

비록 총수가 있기는 해도 그의 영향력은 어쨌든 이곳에
서 최고라 할 수 있었다.

총수조차 첫째 장로에게는 자신의 의견을 한발 양보하는
편이니 말이다.

"만일 그랬다가 그가 알게 된다면 어떻게 하시려고요? 우
리가 모두 죽은 다음에는 거사도 할 수 없는 것 아닙니까?"

"죽긴 누가 죽는다고 함부로 입방정을 떠는 게냐! 숀 그 작자가 아무리 강하다 한들 우리가 숨어 버린다면 찾을 수도 없을 것이다. 그러니 일단 첫째 왕자가 원하는 것부터 해야 한다. 알겠느냐?"

"휴우, 형님께서 그리 말씀하시면 그렇게 해야겠지요. 알 겠습니다."

결국 결론은 첫째 장로 베네딕트의 뜻대로 내려지고 말 았다.

셋째 장로 던컨은 숀과 척을 지기 싫었지만 그렇다고 형 님의 뜻을 거역하면서까지 숀의 편을 들어줄 수도 없었다.

"좋아요, 그럼 오늘 결론은 일단 첫째 왕자님을 따르는 것으로 내리겠어요. 더 이상 하실 말들은 없나요?"

"없습니다."

총수는 뭔가 찜찜하고 아쉬웠지만 그렇다고 거의 다 정 해진 결론을 바꿀 수도 없었다.

그렇게 하면 왠지 자신의 마음을 들킬 것 같다는 생각이 들어서다.

물론 그녀가 무엇을 들킬까 두려워하는지는 아직 누구도 알 수 없었다.

그렇게 회의가 끝나자 모두는 각자의 침소로 향했다.

그 누구도 알 수 없는 깊고 은밀한 그들만의 침소로 말이다.

하지만…….

'큭, 내 이럴 줄 알았지. 결국 호된 꼴을 겪어봐야 정신을 차리겠다 이거지? 그렇다면 그렇게 해줘야지……. 흐흐…….'

그런 그들을 지금까지 지켜본 사람이 있었다.

그는 하얀 얼굴에 짓궂어 보이는 장난기가 가득한 얼굴을 하고 있었다.

그 얼굴에 섬뜩해 보이는 미소가 첨가되었다.

그러고는 총수와 장로들이 사라진 방향으로 그 역시 사라져 버렸다.

Chapter 06

접수

건들면 죽는다

1

황당하게 밤그림자 내부 사람들조차 장로들의 숙소는 아무도 모른다.

그들은 분명 총단 어딘가에서 생활을 하고 있건만 필요할 때만 불쑥 나타났다가 또 금방 사라지곤 했던 것이다.

오죽했으면 총수인 소피아조차도 그들을 만나려면 특수한 신호를 써야만 가능할 정도였다.

그들이 이렇게 자신들의 거처를 비밀로 해두는 이유는 과거의 직업과 관련이 있었다.

최고로 꼽히는 어쌔신, 나이트 홀릭 4형제가 바로 그들 아니겠는가.

지금은 비록 은퇴를 하고 소피아와 함께 오로지 밤그림자의 일에만 집중하고 있는 그들이다.

하지만 언제 자신들의 손에 의해 죽음을 당했던 자들이 암살을 위해 찾아올지 몰랐기에 이처럼 철저하게 숨어 지내고 있었던 것이다.

'쯧쯧, 진정으로 강한 어쌔신이라면 두더지처럼 숨어 살 필요가 없었겠지. 노인네들이 오래 살고 싶어서 아주 용을 쓰는구나.'

그런 나이트 홀릭 4형제의 뒤를 쫓고 있는 하얀 그림자는 바로 손이었다.

그는 원래부터 밤그림자를 흡수할 생각을 하고 있었고 그를 위해 몇 번이나 기회를 주었지만, 그럼에도 그들이 침묵하자 마침내 다시 한 번 나선 상황이다.

비록 렌탈 남작을 이제 완전히 한편으로 만들 수 있었지만 그의 세력만 가지고는 두 왕자를 제압하기 힘들었다.

워낙에 세력간의 차이가 큰 탓이었다.

물론 자신의 능력을 모두 개방하면 불가능한 일은 아니었지만 소드 마스터보다 더 무서운 능력을 보이게 될 경우 벌어질 일이 또다시 걱정되었다.

사실 그가 이번에 그 정도의 능력이라도 보일 수 있었던 것은 순전히 어쩔 수 없는 상황 때문이었다.

하지만 그럼에도 적절하게 대처한 일은 정말 칭찬받을 만했었다.

'소드 마스터인지 뭔지에 대해 알아두길 정말 잘했어. 그 정도의 능력자가 이 세계에 아예 없는 것은 아니었으니 말이야. 그리고 그 덕분에 사람들은 나를 꺼려하고 피하기는커녕 오히려 더 좋아하고 잘 따르게 된 것 같아. 그로 인해 나의 행동 반경도 넓어졌고 말이야. 특히, 그녀는… 아, 흐흐…….'

여기까지 생각하던 숀이 갑자기 온몸을 배배 꼬았다.

파비앙을 떠올리는 순간, 어제 그녀가 자신에게 했던 행동이 떠올랐기 때문이다.

"숀 선생님, 당신은 저의 영웅이세요. 정말 진심으로 감사 드려요……. 쪽~!"

후다닥~!

전쟁에서 승리한 후 수많은 사람들이 그를 보고 고개를 숙이며 환호했지만 그 작고 가녀린 파비앙의 뽀뽀 한 번이 그중 최고였다.

그녀는 풋풋한 향과 함께 다가와 그의 볼에 살짝 뽀뽀를 해주고는 새빨개진 얼굴로 마치 바람인양 사라졌던 것이다.

손은 그 이후 세상이 온통 핑크빛으로 보이는 듯했다.

전생에서도 겪어보지 못한 황홀경이 손을 찾아와 겨울을 이기고 난 꽃망울이 툭툭 터져나오며 따스한 아지랑이에 살랑거리는 듯한 감정을 몰고온 것이다.

봄이 그의 가슴에 찾아왔다.

어쨌든 만에 하나 그런 일이 없었다면 오늘만 해도 나이트 홀릭 4형제는 곡소리 나게 쥐어 터졌을지도 모른다.

특히 회의석상에서 딴죽을 걸었던 첫째와 둘째는 더더욱.

하지만 눈이 이미 하트로 변해 버린 손은 전생과 이생을 모두 합해 가장 너그러운 사람으로 변해 있었다.

그게 얼마나 갈지는 모르겠지만…….

회의실에서 나온 장로들은 마치 그림자처럼 은밀하게 이동하다가 갑자기 총단 뒤쪽에 있는 숲으로 이동했다.

그리고 어느 한곳에 이르러 주변을 두리번거리고는 어느 한 점을 누르자 바닥이 열리며 지하실 입구가 드러났다.

그그긍…….

'어쭈? 밤그림자 안에 이런 두더지 굴도 있었나? 거참,

노인네들이 추접스럽게 굴이 뭐니, 굴이…….'

입가에 침을 약간 흘릴 정도로 몽롱한 표정으로 장로들을 따라가던 손의 눈에 이채가 서렸다.

손은 굴이라고 폄하하고 있었지만 그건 어느 모로 보나 요새에 가까운 거대한 지하 공간이 분명했다.

그리고 그 안으로 장로들이 숨어들자 입구는 또다시 감쪽같이 사라졌다.

손이 만일 번개보다 빠르게 움직일 수 있는 인간이 아니었다면 그마저도 들어가지 못했을 만큼 빠르고 은밀한 장치였다.

'히야, 이 인간들 진짜 음흉하네. 이런 기관까지 만들어 놓다니……. 뭐 가만 보니 아주 쓸모없는 인간들은 아닌 것 같긴 하네.'

천하의 나이트 홀릭 형제를 두고 아주 쓸모없는 인간이 아닌 것 같다니…….

남들이 들으면 혀를 찰 일이었지만 손은 여전히 흐느적거리며 그들의 뒤를 따라갔다.

그리고 곧 지하실 안에는 모두 여덟 개의 방이 있으며 그중 네 개는 사형제의 침실이고, 나머지 네 개는 그들이 그동안 모아놓았던 재물과 각종 무기가 들어 있음을 알 수 있었다.

"그럼 형님들 편히 주무십시오."

"그래, 수고했다. 내일 보자."

자신들의 바로 머리 위에 징그러운 인간이 달라붙어 있는 것도 모르고 장로들은 서로 인사를 나누더니 각자의 침소로 들어가 버렸다.

그러자 손은 바닥에 내려서며 양손을 비비며 중얼거렸다.

"어디, 이제부터 슬슬 놀아보실까?"

대체 무슨 꿍꿍이인지는 모르겠지만 그는 첫째 장로의 침실부터 몰래 들어가더니 한참을 있다가 나왔다.

그리고 곧 둘째 장로는 물론 셋째와 넷째 장로의 침실에도 숨어들었다가 나오는 것 아닌가.

대체 안에서 무슨 짓을 하고 나왔는지는 몰라도 아직까지 그 어떤 침실에서도 아무런 소리가 흘러나오지 않은 것으로 보아 큰 사고를 친 것은 아닌 것 같았다.

"이 정도면 아마 내일 아침에 눈을 뜨자마자 모두 기겁을 하게 되겠지? 킬킬, 자, 그럼 이제 마지막으로 손을 봐줘야 할 사람이 한 명 남은 셈인가? 어서 가보자."

손은 혼자 신이 나서 신나게 키득거리다가 또다시 어디론가 가려는지 그 자리에서 순식간에 사라져 버렸다.

이미 안에 들어왔던 그에게 밖으로 나가는 것쯤은 식은

죽 먹기였다.

그 역시 고금 제일 살수 출신이었기에 그 어떤 기관 진식도 그를 막을 수는 없었던 것이다.

'으음……. 비록 작전을 위해서 이러는 거지만 왜 이렇게 떨리는 거지?'

그가 다시 나타난 곳은 바로 총수 소피아의 처소 앞이었다.

아무리 밤그림자의 총수라지만 어쨌든 그녀는 여자다.

그것도 천하 최고의 미인이라 해도 과언이 아닌 그런 아름다운 여자 말이다.

그래서인지 방 안으로 들어가려던 숀은 잠시 심호흡을 하면서 겨우 긴장을 풀고는 그제야 조용히 스며들었다.

'젠장, 이거 생각보다 더하네. 역시 이 여자는 요물이 분명해. 자고 있는 모습만으로도 날 이렇게 떨리게 만들다니……. 파비앙이 청순하고 가련해 보이는 미녀라면 이 여자는 모든 것을 다 갖추고 있는 미녀다. 청순가련뿐 아니라 요염하면서도 귀여운 모습까지……. 만일 내가 파비앙부터 만나지 않았다면 벌써 졸졸 따라다녔을지도 모를 만큼. 휴우…….'

침대 위에 그림처럼 누워 있는 소피아의 모습은 정녕 아름다웠다.

새하얀 피부에 조각처럼 완벽한 몸매와 신비해 보이는
얼굴…….

그 무엇 하나 빠지는 것이 없었다. 하긴 오죽했으면 얼굴
을 면사로 가릴 정도였겠는가.

만일 손이 고강한 무공 덕분에 완벽한 평정심을 가지고
있지 않았다면 벌써 그녀를 덮쳤을지도 모를 지경이었다.

아무튼 그렇게 그가 그녀의 미모에 놀라 잠시 넋을 놓고
있던 그때, 갑자기 그녀의 눈이 번쩍 떠졌다.

천하의 손마저 심장이 덜컥 가라앉는 순간이다.

2

소피아는 이날도 머리가 지끈거렸다.

솔직히 그녀는 이미 손에 대해 상당한 호감을 느끼고 있
는 상태였다.

기왕이면 그와 끝까지 가고 싶은 마음이 있었다.

그러나 아무리 자신이 총수라고는 해도 조직을 자신 마
음대로 이끌고 갈 수는 없었다.

지금까지 밤그림자를 이만큼 키워온 장로들의 공이 커도
너무 컸다.

그렇다 보니 어쩔 수 없이 어느 정도는 장로들의 뜻을 따라야만 했다.

"아무리 생각해도 첫째 왕자는 왕의 재목이 아니야. 그렇다고 아무런 배경도 없는 그 사람을 무조건 따라갈 수는 없겠지. 그리고 우리가 첫째 왕자를 배신했다는 것이 알려지면 가문의 부흥은 모두 물거품으로 돌아가는 것은 물론, 우리 조직 자체가 사라질지도 모를 일. 하아, 정말 어렵구나."

오늘 회의가 시작되기 전에도 그녀는 이런 생각을 떠올렸었다.

오늘 회의 자체가 숀과도 밀접한 내용이기 때문이다.

회의는 그녀의 예상대로 흘러갔다.

비록 초반에는 셋째 장로와 넷째 장로가 숀의 편에 서서 이야기하는 바람에 약간의 기대감이 생기기도 했지만, 결론은 역시 늘 같았다.

'그래, 결국 이게 우리의 운명인지도 모르지. 하지만 그런데도 나는 왠지 자꾸만 그 사람이 신경 쓰이는구나. 그가 만약 아버지가 말씀하셨던 예언의 사람이라면 이렇게 나와의 인연도 허무하게 끝나지는 않을 터. 아직 뭔가가 남아 있을 거야. 운명으로 이어진 그 무엇인가가…….'

회의가 끝난 후 처소로 돌아가던 소피아는 이런 생각을 하며 발걸음을 옮겼었다.

그리고 곧 샤워를 끝낸 후 잠옷으로 갈아입고는 침대 위에 누웠다.

'오늘따라 이상하게 더 잠이 오질 않는구나. 내일은 더욱 중요한 결정을 내려야 할 텐데……. 하지만 이번 일은 정말 하기 싫다. 우리가 만일 구르몽 자작을 도와 대량의 군수 물자를 보내준다면 그들은 바로 크롤 백작과 합류해 또다시 렌탈 영지를 공격할 것이 확실하다. 그렇게 되면 우리는 그와 적이 되고 말 텐데…….'

지금 이런 생각이 자꾸만 그녀를 괴롭히고 있었다.

다른 것은 모두 감수할 수 있었지만 운명의 사람일지도 모르는 손과 적이 되고 싶지는 않았다.

하지만 그렇다고 장로들과 등을 돌릴 수도 없었다. 아무리 고민을 해봐도 이 일은 도무지 답을 찾아내기 힘들었다.

그 때문에 자꾸만 뒤척이며 잠을 이루지 못하던 그녀는 침대에 누운 지 두 시간이 훨씬 지난 다음에야 간신히 잠이 들 수 있었다.

그리고 그 시간은 손이 장로들에게 무슨 짓인가를 저질러 놓고 그녀의 침소로 찾아 나설 때였다.

스으윽…….

여자는, 특히 소피아는 신경이 무척 예민하다.

아무리 깊은 잠에 빠져 있어도 아주 작은 변화에도 금방 알아차리고 깰 정도였다.

물론 처음 숀이 방 안으로 들어올 때는 그녀도 전혀 알아차리지 못했다.

그만큼 그의 움직임은 은밀했으며 완벽할 정도로 조용했다. 고금 제일의 살수였던 과거가 전혀 부끄럽지 않은 몸놀림이다.

하지만 그런 그도 잠깐이기는 해도 실수하고 말았다.

잠든 모습이 너무 아름다운 소피아를 보는 순간 자신도 모르게 미세한 숨소리를 냈던 것이다.

그때 숀은 한참 소피아의 모습에 감탄하며 생각에 잠겨 있었던 타이밍이었다.

바로 그 잠깐의 실수로 인해 소피아는 잠에서 깨어났고 곧 자신의 코앞에 누군가 있다는 것을 감지할 수가 있었다.

아마 보통 여자였으면 그 순간, 비명을 지르던가 아니면 하다못해 놀라서 움찔이라도 했을 것이다.

그러나 그녀는 절대 보통 여자가 아니었다.

'헉! 이, 이자가 누구지? 좀 도둑인가? 아니야. 겨우 좀도둑 정도가 이 사람처럼 지독할 정도로 숨소리를 내지 않고 있을 수는 없지. 그렇다고 어쌔신도 아니야. 나를 죽이기 위해 왔다면 살의를 보였을 테니까. 가만, 가만히 생각해 보니 이곳은 우리 총단에서도 가장 경비가 삼엄한 나의 처

소 아니던가. 설사 장로들이라도 이곳까지는 쉽게 접근하기 힘들 터……. 설마…….'

번쩍…….

"흐억! 안, 안녕하시오? 헤헤……."

"설마 했는데… 역시 당신이었군요."

소피아의 뛰어난 두뇌가 활발하게 움직였고 마침내 지금 자신의 침실 안까지 숨어들어 온 자가 숀이라는 것까지 추리할 수 있었다.

자신의 그러한 결론에 확신을 가진 그녀는 곧바로 눈을 떴다.

그리고 속으로 안도의 한숨을 내쉴 수 있었다.

과연 지금 자신의 코앞에서 얼굴까지 빨개진 채 어쩔 줄을 몰라 하고 있는 인간이 숀임을 확인할 수 있었기 때문이다.

"나, 나, 나는 이상한 생각으로 여기까지 숨어들어 온 것은 아니오. 다만……."

"다만 뭔가요? 이상한 생각을 한 것은 아니지만 그냥 제 몸매나 감상해 보자는 뜻으로 이 밤중에 온 것인가요?"

아무리 무공이 고강하고 냉정한 이성을 가지고 있는 숀이라고 해도 이런 경우는 단 한 번도 겪어본 적이 없었다.

게다가 상대가 상대이니만큼 그는 지금 도무지 뭐라고

해야 할지 전혀 떠오르지 않고 있었다.

그야말로 머리가 텅 비어 버린 게 아닐까 싶을 정도다.

"큰일 날 소리! 절, 절대로 그런 것이 아니오. 나는 다만 당신과 장로들에게 경고하기 위해 온 것뿐이오."

"당신은 원래 경고할 때는 한밤중에 여인의 방이라고 해도 마음대로 드나드는 사람인가요?"

현명한 소피아는 이미 어째서 숀이 자신의 방까지 찾아온 것인지 눈치챘다.

하지만 일부러 아무것도 모르는 척 그를 계속 몰아붙이고 있었다.

지금까지 보지 못한 숀의 당황한 모습에 약점을 포착했다 여긴 그녀다.

그의 약점을 잡았을 때 뭔가를 얻어내지 않으면 손해라는 생각을 했던 탓이다.

"그건 오해요. 원래는 당신도 장로들처럼 혼을 내주기 위해서 온 것이라 시간이 늦은 것뿐이오."

"어째서 우리를 혼내주려는 거죠? 우리가 당신에게 혼날 만큼 잘못을 했었나요?"

"제길, 내가 지금 너무 당황해서 자꾸 말실수를 하는 것 같소. 혼내준다기보다는 앞으로 바스티안 왕자에게 붙어서 우리를 괴롭히지 말라는 뜻으로 경고를 하려고 한 것뿐이오."

생각보다 소피아가 편안하게 말을 해서 그런지 손도 조금씩 이성을 되찾기 시작했다.

그렇기에 그는 자신의 진짜 목적은 살짝 감춘 채 우선 이런 변명을 할 수 있었다.

"그렇게 말씀하시는 것을 보니 아까 우리가 회의를 했던 자리에도 계셨던 것 같군요. 그렇죠?"

"그, 그건… 휴우, 정말 당신에게는 못 당하겠소. 맞소. 실은 아까 당신들과 상의할 일이 있어서 왔다가 우연히 당신들이 회의하는 모습을 보게 되었소. 처음에는 엿들을 생각은 아니었지만 갑자기 우리 이야기가 나오는 바람에 나도 모르게 들었던 거요. 그 바람에 경고를 해야겠다는 생각도 들었던 것이고……."

처음 총수를 만났을 때만 해도 그저 그런 여자라고만 생각했었다.

미모를 미끼로 노인네들을 끌어들여 몰락한 가문을 일으키려는 수완가 정도로만 여겼던 것이다.

그러나 몇 차례 만나게 되면서 손은 그녀가 꽤나 지혜롭고 대단한 여자임을 알게 되었다.

당장 지금만 해도 그녀의 태도는 보통 여자들과 확연히 다르지 않던가.

그렇기에 손도 좀 더 솔직하게 대화를 나눠 보자는 생각을 하기 시작했다.

3

오밤중에 손과 소피아가 무슨 이야기를 나누는지는 아무도 모른다.

단지 꽤 긴 시간 동안 이야기 한 것은 확실했다. 새벽을 알리는 닭의 울음소리를 들으며 손이 사라졌던 것이다.

아무튼 그렇게 다음 날이 밝았다.

"으악~! 이, 이게 뭐야?"

아침에 눈을 뜬 첫째 장로 베네딕트는 침대에서 일어서려다 말고 외마디 비명을 지르고 말았다.

어젯밤 잠자리에 들 때까지만 해도 분명히 입고 있던 자신의 잠옷이 갈기갈기 찢어진 채 간신히 흔적만 남아 있었기 때문이다.

"이, 이럴 수가……. 대체 누가 이 지경으로 만들었을꼬. 결국 원수들이 나의 거처를 찾아냈단 말인가? 아니지, 잠옷을 이 지경으로 만들어 놓은 흉수가 원수였다면 그냥 갔을 리가 없다. 이 정도 실력이라면 죽였을 테니까. 그렇다면 대체 누구란 말인가?"

누구라도 베네딕트와 같은 꼴을 당했다면 머리털이 곤두서는 것 같은 공포를 느꼈을 것이다.

그자가 자신을 죽이려고 마음먹었다면 벌써 목이 달아났을 터였다.

그러니 어찌 두렵지 않겠는가.

베네딕트는 넋을 놓고 그렇게 서 있다가 무슨 생각을 했는지 부랴부랴 옷을 입고는 곧바로 침실에서 나갔다.

혹시 자신 말고 다른 형제들 가운데 누군가 당한 것이 아닌가 걱정이 되었던 모양이다.

쾅쾅쾅!

"조프리~! 깨어 있으면 어서 문 열어라!"

"아함~대체 몇 시인데 벌써 깨우는 겁니까? 으헉! 이, 이게 뭐지?"

베네딕트는 자신의 침실과 가장 가까이 있는 동생 조프리의 방 앞에 도착하자마자 미친 듯이 문을 두드렸다.

그러자 조프리는 그제야 막 일어났는지 하품을 하다가 갑자기 경악했다. 그 때문에 베네딕트의 궁금증은 커질 수밖에 없었다.

"어서 문을 열라니까!"

"알겠습니다, 형님."

끼익……

놀라기는 했어도 큰 형님이 난리를 치는 데야 버틸 재간이 없었기에 조프리는 얼른 문을 열어주었다.

그러자 재빨리 안으로 들어선 베네딕트는 가장 먼저 조프리의 위아래부터 훑어보았다. 그도 잠옷이 찢어져 있는지 확인해 보기 위해서다.

"갑자기 뭐하시는 겁니까?"

"너, 괜찮은 게냐? 혹시 잠옷이 찢어지거나 하지는 않았나?"

하지만 아무리 살펴보아도 조프리의 잠옷은 멀쩡했다.

"휴우, 형님. 잠옷이 문제가 아닙니다. 이쪽으로 와보십시오. 보여드릴 게 있습니다."

"대체 뭘……."

이번에는 조프리가 베네딕트의 손을 이끌어 자신의 침대가 있는 곳으로 데려갔다.

거기는 길고 넓은 커튼이 쳐져 있었다. 하지만 곧 조프리는 커튼을 세게 열어젖혔다.

"으헉! 이, 이건 또 뭐냐?"

"형님께서 문을 두드리는 바람에 눈을 떠 보니 아, 글쎄 제가 이 위에 누워 있는 것 아니겠습니까? 이, 이게 대체 어떻게 된 영문일까요?"

커튼 뒤에는 침대가 완전히 부서진 채 덩그러니 놓여 있었다.

이미 네 귀퉁이에 붙어 있어야 할 다리는 감쪽같이 사라져 있었고 이불은 돌돌 말린 채 구석에 있었으며 침대 여기저기는 누군가가 구멍을 뚫어놓은 상태였다.

베네딕트는 구멍이 난 자리를 보고 그것이 조프리가 누워 있는 곳을 제외한 공간에 뚫린 것임을 알 수 있었다.

이건 자신의 잠옷이 찢어진 것보다도 더 무서운 광경이었다.

"아무래도 어젯밤에 무서운 놈이 우리를 노리고 찾아온 것 같구나. 나는 자고 일어났더니 잠옷이 갈기갈기 찢어져 있었거든."

"네에? 그, 그런데도 형님께서는 아무런 기척도 느끼지 못하셨다는 말입니까?"

"기척은커녕 아침에 눈을 뜰 때까지 잠만 잘 잤구나. 죽었을지도 모르는 상태에서 말이다."

이야기를 나누다 보니 두 사람의 공포감은 더욱 커져만 갔다.

자신들이 누구인가? 그래도 한때 칼론 왕국에서 명성을 떨치던 일급 어쌔신들 아니었던가.

흥수는 그런 자신들을 가지고 놀고 있었다. 하지만 그들의 놀라움은 이게 끝이 아니었다.

"베네딕트 형님! 어디 계십니까?"

"저건 둘째의 목소리 같은데?"

"맞습니다. 제가 가서 불러 오겠습니다."

두 사람이 대화를 나누고 있을 때 이번에는 둘째 콘라드가 큰형을 찾고 있었다.

무척이나 다급한 목소리다. 그러자 조프리가 이렇게 말을 하고는 얼른 방에서 나갔다.

잠시 후 그는 둘째 콘라드는 물론 셋째 던컨까지 함께 데리고 나타났다.

"무슨 일이냐? 설마 너… 헉! 둘, 둘째야~! 너, 머리가 왜 그러느냐?"

"크흑, 자고 일어난 것뿐인데 아침에 거울을 보니 이 지경이 되어 있었습니다."

말을 하던 베네딕트는 둘째 콘라드를 보는 순간 눈을 부릅뜨며 이렇게 물었다.

어젯밤까지만 해도 풍성하기만 하던 그의 머리카락이 모조리 사라졌기 때문이다.

비록 둘째도 나이가 많은 노인이기는 했지만 아무리 그래도 이건 너무 꼴불견이었다.

그래서인지 둘째는 비통하다는 듯 눈물까지 흘리며 이렇게 하소연을 했다.

"아니 머리카락이 죄다 없어질 지경이 될 때까지 설마 아무것도 몰랐단 말이냐?"

"뭔가 느꼈다면 아침까지 푹 잘 수 있었겠습니까? 여기를 잘 보십시오. 모두 칼로 베어낸 자국입니다. 그자가 제 목숨을 노렸다면 지금 형님 앞에 서 있을 수도 없었을 겁니다."

"……."

콘라드의 말에 그 누구도 입을 열지 못했다.

콘라드의 머리는 일부러 면도까지 한 것처럼 말끔했다.

한순간에 대머리가 된 것이다. 그런데도 아무것도 몰랐다니…….

이제 공포는 도를 넘어서 소름이 끼칠 지경이었다.

"셋째야, 너는 아무 일도 없었느냐?"

"저도 어이없는 일을 겪기는 했지만, 둘째 형님에 비할 바는 아닙니다. 침대만 주저앉았었거든요. 그것을 발견했을 때는 너무 놀라 곧장 셋째 형님의 침실로 달려가기는 했었습니다만 저 모습을 보고는 입을 다물었죠."

셋째 던컨의 말에 그제야 베네딕트는 뭔가 퍼뜩 떠오른 듯 급히 서두르기 시작했다.

"다들 어서 총수님께 가보자. 우리를 이 지경으로 만들어놓은 자가 총수님만 그냥 두고 갔을 리가 없지 않겠느냐."

"그, 그렇군요. 어서 가봅시다."

이렇게 해서 장로들은 모두 총수의 침실로 달려갔다.

하지만 그곳에 총수는 이미 없었다. 대신 하녀 한 명이 기다렸다는 듯 그들에게 한마디 했다.

"총수님께서는 장로님들께서 찾아오시면 곧장 회의실로 오라고 하셨습니다."

"회의실로? 다른 말은 또 없으셨나? 혹시 어딘가 이상하시지는 않았고?"

하녀의 말에 베네딕트가 급히 이렇게 물었다.

"글쎄요……. 평소와 별로 달라 보이시지는 않던데요? 다른 말씀은 없으셨습니다."

"알겠다. 자, 모두 회의실로 가보자."

장로들은 뭔가 이상하다는 생각을 하면서도 모두 회의실로 몰려갔다.

그러자 그곳에는 총수와 정찰대장 카를이 자리해 있었다. 그들을 기다렸다는 태도다.

"어서들 오세요. 밤새 잘 주무셨는지요?"

"총수님은 편히 주무셨습니까? 혹시 밤에 이상한 일을 겪지는 않으셨는지요?"

총수의 질문에 베네딕트가 대표로 인사하더니 얼른 이렇게 물었다.

일단 그녀가 무사한 모습을 보니 안심은 되었지만 그래도 확인 차 질문한 것이다.

"아주 이상하고 무서운 일을 겪었습니다. 바로 그 일 때문에 여러분을 이곳으로 부른 것이고요."

"이, 이상하고 무서운 일을 겪으셨다고요?"

"궁금하시죠? 그럼 지금부터 그 일에 관해서 이야기해 드릴게요. 아마 듣고 나면 중대한 결정을 다시 해야 할지도 모릅니다. 그렇지 않으면 어젯밤의 경고가 단순한 경고로만 끝나지 않을 테니까요."

또다시 베네딕트가 급히 묻자 총수는 평소보다 훨씬 여유 있는 태도로 대답하기 시작했다.

이상하게도 그런 그녀의 얼굴에는 의미심장한 미소가 떠올라 있었다.

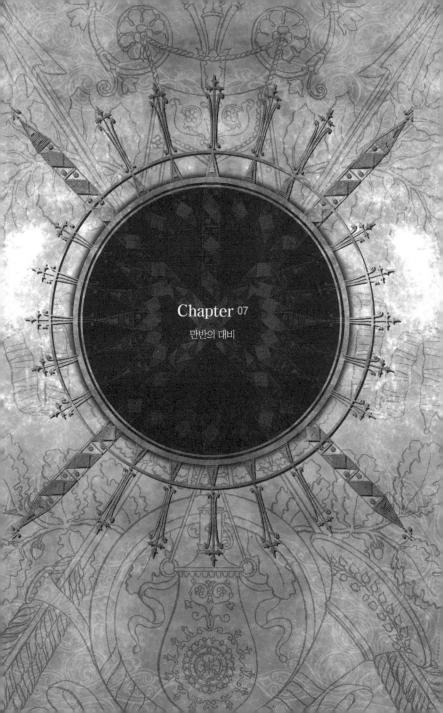

Chapter 07
만반의 대비

건들면 죽는다

1

　밤그림자를 접수하기 위해 하루를 소비했던 슌은 렌탈
영지로 돌아오자마자 지휘관 회의를 열었다.

　다들 승리의 기쁨에 취해 있고 싶었지만 아직 상황은 그
리 좋은 편이 아니었다.

　"벡스 경, 어제 단데스 영지의 포로들은 데리고 왔나요?"

　"네! 단 한 명의 낙오 없이 모두 끌고 왔습니다!"

　아직 슌의 신분은 렌탈 남작 외에는 모르고 있었다.

　그가 소드 마스터라는 사실은 곧바로 소문이 나겠지만
아직은 셋째 왕자 루카스의 아들이라는 것은 감추는 것이

낫다고 생각했다.

세력을 키우기 전에 그런 사실부터 알려지면 자칫 첫째 왕자와 둘째 왕자 공동의 적으로 낙인찍힐 수도 있기 때문이다.

그들이 죄다 몰려와도 겁날 것이 없는 손이었지만 어쨌든 이 대륙에서는 상식선 안에서 매사를 처리해야 하지 않겠는가.

"잘하셨습니다. 그럼 이번에는 기사 대장 벨룸 경께 묻겠습니다. 크롤 영지의 포로들은 어떻습니까? 난동을 부리거나 하는 자는 없었나요?"

"총사령관 더그한이 대놓고 항복을 했는데 누가 감히 난동을 부리겠습니까? 게다가 선생님의 놀라운 무위를 본 자들인지라 오히려 딱히 시키지 않아도 고분고분 말만 잘 듣고 있습니다."

이번 전쟁에서 손이 가장 잘한 일이 바로 이것이었다.

그가 만일 적들을 모조리 몰살하기 위한 작전을 펼쳤더라면 그들은 지금까지도 저항이 심했을 터였다.

그러나 무서운 무위를 가지고 있으면서도 자비를 베풀었기에 적들은 오히려 그를 더욱 우러러볼 수밖에 없었다.

"그들에게 더욱 잘해 주십시오. 그들은 앞으로 우리의 아주 중요한 인적 자원이 될 수도 있습니다. 그리고 영주님."

"말씀하십시오, 선생님."

렌탈 남작이 숀을 대하는 태도가 더욱 공손해져 있었지만 그 누구도 그 점을 이상하게 생각하지 않았다.

소드 마스터에게라면 그 누구도 공손한 것이 당연하다고 생각했기 때문이다.

"왕궁에 이번 사태를 보고하셨나요?"

"네, 어제 선생님께서 말씀하신 내용을 토대로 해서 보고서와 함께 사람을 보냈습니다. 최대한 빨리 다녀오라고 했으니 아마 일주일 안이면 왕궁에 도착할 수 있을 겁니다."

"잘하셨습니다. 지금 우리에게 가장 필요한 것은 바로 명분입니다. 가만히 있는 우리를 먼저 공격한 것은 단데스 자작과 크롤 백작이었습니다. 그런데 한 가지 다행한 것은 한쪽은 둘째 왕자 측 사람이고 또 다른 한쪽은 큰 왕자 쪽 사람이라는 점입니다. 이것을 잘만 이용하면 우리는 생각보다 훨씬 큰 대가를 받아낼 수 있을지도 모릅니다. 물론 그러기 위해서는 몇 가지 공작이 필요하긴 하겠지만요."

영지 전에서 승리했다고 좋아만 하고 있어서는 안 된다.

전비를 배상 받고 승리에 따른 전리품을 제대로 챙기려면 정치적인 기술도 필요한 법이다.

숀은 과거 천하를 경영해 본 경험이 있었기에 이런 쪽으로는 렌탈 남작보다 훨씬 노련했다.

그는 벌써부터 두 왕자의 알력을 이용해 렌탈 남작이 어부지리를 차지할 수 있는 방법을 몇 가지 구상해 놓은 상태다.

사신을 먼저 왕궁으로 보낸 것도 그것에 필요한 밑밥이라고 할 수 있었다.

"모든 것은 선생님께 일임할 테니 필요한 것이 있으면 언제든지 지시를 내려주십시오. 다들 잘 들어라. 앞으로 손 선생님께서 시키시는 일은 무조건 첫 번째로 따르기 바란다. 알겠느냐?"

"네! 영주님!"

아직 사람들에게 말할 수는 없었지만 손은 어쨌든 왕손이다.

그것도 루드리히 2세가 가장 총애했던 셋째 왕자의 아들인 것이다.

비록 아직 셋째 왕자가 등장한 것은 아니었지만 이미 렌탈 남작은 손을 따르기로 결심한 상태였다.

그런 상황이니 이런 명령 체계는 당연했다.

"멀린 마법사님."

"네! 선생님!"

"그대는 회의가 끝나고 나면 나와 함께 성을 돌아봅시다. 성 곳곳에 마법 부비트랩은 물론 각종 장치를 설치해야겠습니다."

이미 멀린의 마법 실력도 만천하에 알려진 상황이다.

기사들도 바보가 아닌 바에야 4서클 마법사가 같은 4서클 마법사 세 명의 공격을 막을 수 없다는 것쯤은 알고 있는 탓이다.

그리고 그것이 렌탈 영지군의 사기를 더욱 높여주고 있었다.

자신들의 영지에 왕궁 마법사 수준의 마법사가 있으니 그럴 만도 했다.

하지만 아무리 대단한 마법사가 되었다고 한들 감히 숀의 말에 함부로 토를 달 수는 없었다.

"알겠습니다. 제가 할 수 있는 일이라면 뭐든지 시켜만 주십시오. 최선을 다해 명을 수행하겠습니다."

"그건 저희도 마찬가지입니다. 앞으로 무엇을 해야 할지 명을 내려주십시오!"

멀린의 태도에 감동을 받았는지 기사들도 벌떡 일어나며 큰 목소리로 이렇게 외쳤다.

아직 어려운 시기에 이런 단합된 모습은 숀마저도 흐뭇한 기분이 들게 해주었다.

"좋습니다. 그럼 모두 우선 제 말을 들어주십시오. 우리가 이번에 운이 좋아 승리하기는 했지만, 그로 인해 다가올

시련은 더욱 커졌다고 할 수도 있습니다. 적들은 우리를 통해 너무 많은 것을 잃었기 때문이지요. 하지만 겁먹거나 두려워 할 필요는 없습니다. 그들이 아무리 우리를 핍박하려고 해도 우리가 하나로 똘똘 뭉쳐 최선을 다한다면 얼마든지 막아낼 수 있습니다! 우선 그것을 믿으십시오."

"숀 선생님과 멀린 마법사님, 그리고 영주님이 계신한 저희는 아무것도 두렵지 않습니다! 그리고 믿습니다!"

숀이 자리에서 일어나 이렇게 말하자 기사들은 동시에 씩씩한 목소리로 화답했다.

그건 벌써 이들이 숀을 중심으로 하나로 뭉쳤다는 것을 뜻했다.

"좋습니다. 그럼 우선 여러분들은 오늘부터 최선을 다해서 병사들을 훈련시키도록 하십시오. 내가 조만간 병사들에게 반드시 필요한 병진을 알려드릴 것입니다. 그 병진은 천하무적이라고 할 만하지만 그것을 익히려면 가장 먼저 지칠 줄 모르는 체력과 불굴의 정신력이 선행되어야 합니다. 앞으로 보름 이내에 모든 병사를 그런 사람들로 만드십시오. 그게 내가 여러분에게 내리는 첫 번째 명령입니다. 할 수 있습니까?"

"할 수 있습니다!"

극단적인 표현을 하자면 소드 마스터가 까라면 무조건

까야 한다.

이게 바로 기사를 포함한 검을 다루는 모든 이들의 공통된 생각이었다.

그만큼 소드 마스터는 검에 대한 경의의 상징이자, 검사들의 동경이며 신화였다.

그리고 그 생각이 바탕에 깔려 있어야지만 기적을 만들어 낼 수 있었다.

"대신 훈련에 임하게 되는 모든 기사와 병사에게는 매일 특식을 제공할 수 있도록 하겠습니다. 아무리 지쳐도 다시 회복할 수 있는 그런 특식을 내가 준비해 줄 테니 목숨을 걸고 훈련에 임하기 바랍니다."

"네! 알겠습니다! 그리고 감사합니다!"

회의장이 떠나갈 정도로 기사들의 복창 소리는 하늘 찌를 듯 했다.

그 모습을 보는 손의 얼굴에는 비로소 미소가 떠올랐다.

이런 자세들이라면 그가 계획하고 있는 특별 전투 부대 창설이 충분히 가능할 것 같다는 생각이 든 탓이다.

비록 과거 중원에서 활약하던 그의 직속 호위대만큼 강력할 수는 없겠지만, 최소한 대륙에 존재하고 있는 그 어떤 기사단과 만난다 해도 밀리지 않을 최강의 부대를 만들 자신은 있었다.

숀 그가 바로 불가능을 뛰어넘는 초유의 인간 아니던가.

2

회의가 끝나고 나자 숀은 천천히 자신의 거처로 돌아가고 있었다.

벌써 열흘 가까이 단 하루도 쉬지 못하고 뛰어다닌 그다.

아무리 강철처럼 무지막지한 체력을 가졌다 한들 사람인 이상 지칠 만도 했는지 어깨가 축 처지고 걸음걸이는 힘이 없는 게 영락없이 피곤한 모습이다.

숀은 그런 상태로 처소 앞까지 도착했다.

그러나 곧바로 안으로 들어가지 않고 잠시 그곳에 서서 무엇인가를 생각하는 듯 했다.

"정말 요즘은 꽤나 피곤한 날들이었어. 그렇지 않나?"

"……."

그러다가 갑자기 입을 열어 누군가에게 말을 걸었다.

하지만 아무리 둘러보아도 주변에는 개미 새끼 한 마리 없었다.

힘들다 못해 이제 헛것이라도 보이는 것일까?

그는 아무런 대꾸도 들려오지 않자 이번에는 아예 처소 앞에 있는 낮은 계단에 주저앉더니 다시 입을 열었다.

"어쩌면 나보다도 자네가 더 힘들었을지도 모르지. 내가 워낙 바쁘게 돌아다니는 편이었으니 말이야. 안 그런가?"

"……."

이번에도 대답은 없었다.

"사람들은 대부분 자기 자신을 과신하는 버릇이 있지. 특히, 어느 정도 능력을 인정받은 자라면 더더욱. 하지만 말이지 세상에는 언제나 뛰는 놈 위에 나는 놈이 있는 법이야. 그런 놈을 만나게 되면 무조건 도망을 가는 것이 상책이지. 그렇지 않으면 결국 지금처럼 낭패를 당하게 되어 있거든. 나는 성격이 조금 급한 편이라 오래 기다리지는 못한다네. 그나마 지금까지 참아준 것도 자네가 여자였기 때문이야. 냄새 나는 남자였다면 벌써 죽였겠지."

휘익~!

죽였겠지, 라는 말까지 끝나자마자 갑자기 숲의 처소 지붕 쪽에서 검은 그림자가 날아오르더니 순식간에 사라졌다.

보통 사람 같으면 심장이 주저앉을 만큼 놀라운 일이었지만 이미 그 그림자의 존재를 알고 있던 손인지라 그는 오히려 여유 있는 미소를 머금은 채 천천히 일어났다.

"역시 예상대로 꽁지에 불붙은 닭 새끼마냥 기겁하고 도망치는군. 그래 봤자지만……."

팟!

방금 도주한 자는 그나마 그림자라도 남겼지만 숀은 아예 흔적도 없이 사라져 버렸다.

'빌, 빌어먹을……. 어떻게 내가 있다는 것을 알아차렸지? 숨도 쉬지 않고 모든 흔적을 지우고 있었거늘. 이건 말도 안 돼. 아무리 소드 마스터라 해도 아무런 감정도 드러내지 않은 채 숨어 있는 나를 발견할 수는 없어. 혹시… 내가 지레 착각한 것은 아닐까? 워낙 특이한 인간이니 괜히 혼자 중얼거릴 수도 있잖아. 치이, 이거 왠지 멍청하게 당한 기분이 드네…….'

어디론가 열심히 도망가고 있던 그림자는 속으로 이런 생각을 하고 있었다.

그가 숀의 뒤를 미행한 지도 벌써 일주일째다.

렌탈 영지군과 단데스 영지군이 싸울 때부터 따라다녔으니 말이다.

물론 그때는 거리를 한참 떨어뜨린 채 관찰만 하는 수준이었다.

그러다가 숀이란 작자에 대한 호기심이 강해지면서 점점 가까워졌다.

'아무튼 정말 신기한 인간이야. 처음 볼 때만 해도 그저 잔머리만 잘 굴리는 사람인 줄 알았는데 설마 검술 능력이 소드 마스터 수준일 줄이야……. 게다가 그가 갑자기 사라지면 아무리 나라 해도 찾아낼 수가 없었어. 만일 그의 몸에 요몬트 향(뿌린 사람만 맡을 수 있다는 향. 아무리 떨어져도 훈련 받은 사람은 맡을 수 있다고 한다)을 뿌려놓지 않았다면 소드 마스터로 화하는 모습조차 볼 수 없었겠지. 그나저나 소드 마스터는 원래 그렇게 멋진 것일까? 이런, 내가 지금 무슨 생각을 하고 있는 거지?

쉬지 않고 달리면서 생각을 이어가던 그림자가 갑자기 고개를 마구 가로저었다. 잡생각을 떨치려는 듯.

하지만 그렇다고 속도를 늦추거나 하지는 않았다.

그의 경험상 일단 정체가 노출이 되면 무조건 뛰고 또 뛰어야만 했다.

만일 뛰다가 조금이라도 방심을 해서 속도를 늦추게 되면 그때가 바로 최후라고 생각한 탓이다.

그의 그런 성향이 오늘날 그의 이름 앞에 '최고'라는 수식어가 붙을 수 있게 해주었다.

'하아, 하아……. 이, 이쯤이면 쉬어도 괜찮겠지?'

그렇게 전력 질주를 한 지가 무려 다섯 시간.

그림자는 사방이 깜깜해 진지도 한참 지난 시간이 되어서야 달리기를 멈추었다.

이날까지 강도 높은 훈련을 거쳐 별별 경험을 다하며 뛰고 또 뛰어왔지만 확실히 다섯 시간을 쉬지 않고 달리는 일은 쉽지 않았다.

'이제 어떻게 하지? 그자에게 다시 돌아가 정말 내 정체를 눈치챘던 것인지 확인해 볼까? 아니면 이대로 돌아가서 지금까지 보고 느꼈던 것을 보고 하는 것이 나을까?'

그림자는 놀랍도록 철저했다.

그는 그렇게 멀리 달려와 놓고도 바로 옆에 사람이 지나가도 발견할 수 없을 것 같은 작은 동굴 안에 숨어서 쉬고 있었다.

그만큼 철저한 훈련을 받은 사람이라는 뜻도 되겠지만, 이건 그야말로 본능적이라고 할 정도다.

어쨌든 그런 상태에서도 그림자의 고민은 계속되고 있었다.

이미 그에 관한 것은 충분히 알아낸 상태였기에 이대로 돌아간다 한들 큰 문제는 없을 것 같았다.

하지만 멈출 수 없는 그에 대한 호기심이 자꾸만 그의 다음 행동을 곧장 실행할 수 없게 만들었다.

그림자는 지금까지 별별 사람을 다 관찰해 온 경험이 있었지만 단언컨대 최근 지켜보았던 사람만큼 특이한 사람은 본 적이 없었다.

그는 마치 양파처럼 까도, 까도 속이 나오는 신기함을 보여주고 있었다. 그렇기에 대체 그 끝이 어디인지 끝까지 보고 싶었다.

'이제 상부에서도 며칠 이내로 이번 전쟁의 결과를 알게 될 것이다. 그 전에 보고를 하지 않으면 문책을 당하게 될 터. 일단은 돌아가는 것이 좋겠어.'

하지만 그에게는 호기심보다 임무가 중요했다. 비록 썩 마음에 드는 임무는 아니었지만 이미 돈은 받은 상태니 신용을 위해서라도 해줄 것은 해줘야만 했다.

그렇게 결정하고 나자 오히려 마음이 홀가분해졌고, 그래서인지 체력도 더 빨리 회복되는 것 같았다.

"그래, 어서 가는 게 낫겠지."

벌떡.

그렇게 그림자가 다시 길을 떠나기 위해 일어나는 순간, 실로 심장이 덜컥 내려앉을 만한 사건이 벌어졌다.

"어디로 갈 거요? 기왕이면 나도 같이 갑시다."

"어머! 누, 누구……."

얼마나 놀랐는지 이날까지 자신이 여자임을 숨기고 살아왔던 그림자가 여성 특유의 외마디 비명을 지르고 말았다.

하긴 지금까지 내내 은밀하게 숨어 있던 좁은 동굴 안의 바로 곁에서 사람의 목소리가 튀어나왔으니 그럴 만도 했다.

하긴 그녀가 아니었다면 이런 경우 십중 십 모두 졸도부터 하는 것이 정상일 터였다.

"거참, 벌써 일주일 가까이나 동거를 해왔으면서 이제 와서 날 모르는 체하는 거야?"

"당, 당신은……."

그림자는 지금 복면을 쓰고 있었다. 이게 원래 그녀의 근무(?) 복장이다.

그렇기에 얼굴에서 보이는 곳은 눈이 유일했다. 그녀의 바로 코앞에서 말을 걸었던 숀은 그런 그녀의 눈을 보며 이런 생각을 하고 있었다.

'놀랍도록 투명하면서도 슬픔이 가득 담긴 눈빛이로구나. 그냥 놓아주고 싶을 만큼…….'

그래서인지 그는 처음 꺼냈던 말을 끝으로 더 이상 말을 하지 않았다.

그리고 그것은 그림자도 마찬가지였다. 그렇게 그들은 야심한 밤에 좁디좁은 동굴 안에 마주 앉아 침묵만을 지키고 있었다.

침묵은… 참으로 길게 이어졌다.

3

그림자 여인은 지금 일어나고 있는 일이 현실이 아닌 것만 같았다.

눈앞에 있는 사람은 자신이 그렇게도 혐오하는 사내다. 그것도 꽤나 뺀질거리게 생긴 그런 사내 말이다.

하지만 그런 사람이 코앞에서 숨을 내뱉고 있는데도 이상하게 혐오감이 들지 않았다.

이런 경험은 단 한 번도 없었기에 그녀는 더욱 말을 할 수가 없었다.

마침내 숀이 먼저 입을 열었다.

"벌써 여러 차례 맡아보는 향기지만 역시 당신의 냄새는 참 좋은 것 같아. 그게 당신을 구한 것이지. 안 그랬으면 처음 등장하자마자 죽였을지도 모르거든."

"……."

말투는 부드럽고 다정한 것 같았지만 내용은 섬뜩했다.

하지만 그간 관찰하면서 이 사람의 성향을 파악했기에 확신할 수 있다.

이 사람은 한다면 하는 사람이었고, 또 충분히 그럴 만한 능력이 있었다.

단지 그림자는 아직까지도 어째서 그가 자신의 존재를 알아차릴 수 있었는지 궁금해 하는 것이었다.

그녀가 익히고 있는 은신술은 소드 마스터라 해도 절대 발견할 수 없을 만큼 완전하다고 자신한다.

실제로 그녀는 이 은신술을 시험해 보기 위해 멀고 먼 제국까지 가서 소드 마스터 주변을 몰래 들여다보고 온 적도 있었다.

걸리면 죽을 수도 있을 만큼 위험한 짓이었지만 그녀는 무사히 빠져나올 수 있었고, 그때부터 자신의 능력에 확신을 가질 수 있었다.

물론 이후 그 어떤 의뢰를 받든 단 한 번도 실패해 본 적이 없는 그다.

그런데 대체 이 사내는 무슨 수로 자신의 존재를 알아낼 수 있었을까?

게다가 방금 그가 어떻게 이곳에 나타날 수 있었는지도 의문이다.

그때 만일 자신의 생명을 노렸다면 피할 방법이 없었을 터였다.

"자꾸 내 능력에 호기심을 갖지 마라. 나는 너의 잣대로 잴 수 있을 수 있는 사람이 아니란다."

"……."

이 사내는 마치 자신의 생각을 읽고 있는 것 같았다.

그녀는 이 순간 궁금한 것이 산더미였지만 엄청난 인내

심으로 그것을 참고 또 참았다.

　이럴 때 입을 열면 자신이 원하지 않아도 비밀을 발설할
수 있는 가능성이 있었기 때문이다.

　목표물에게 자신의 존재를 발각당한 이상 이대로 자결하
거나 아니면 죽을 때까지도 입을 열어서는 안 된다.

　그게 그녀가 배운 원칙이었다.

　"누가 너를 보냈는지 어느 정도 짐작은 간다. 가서 그에
게 전해라. 이곳은 첫째 왕자와 둘째 왕자의 세력 각축장이
된 것 같다고. 네가 만일 첫째 왕자 사람이면 둘째 왕자의
개입으로 인해 렌탈 영지가 승리한 것이고 둘째 왕자의 사
람이라면 그 반대로만 말하면 된다."

　이런 숀의 뻔뻔스러운 말에 그림자는 기가 찼다.

　사실 자신은 여차하면 렌탈 남작을 납치해 가기 위해 온
사람이다.

　철저하게 그의 편을 들고 있는 숀의 입장에서 보면 적이
란 말이다.

　그런데 그런 적에게 이래라 저래라 지시를 하다니…….

　그야말로 정신 이상이 의심스러울 만한 이야기였다.

　하지만 더 웃긴 것은 자신의 반응이었다.

　"그럼 당신도 왕자들이 보낸 사람이라고 해야 하나요?"

　"훗, 눈빛만 예쁜 것이 아니라 목소리도 예쁘군. 맞아, 널

보낸 왕자와 싸우는 쪽 사람이라고 하면 돼."

황당하게도 자신 역시 그의 장단에 놀아나고 있었다. 그런데도 이 모든 것이 너무 자연스럽기만 했다.

"제가 사실대로 말하고 오히려 당신을 함정에 빠뜨릴 수도 있다는 생각은 안 드시나요?"

"이상하게 들리겠지만 나는 널 잘 알아. 아니, 네가 보여주고 있는 그 눈빛의 의미를 너무나 잘 알고 있지. 절대 남에게 고개 숙이지 않는 그 고집스러움이 그 안에는 숨어 있거든. 그렇다는 것은 네가 지금 누군가의 지시를 받아 움직이는 사람이 아니라 돈이나 기타 대가를 받고 임무를 대신해 주는 전문가임을 뜻하지. 그리고 너 역시도 나를 알고 있어. 내가 너와 정말 비슷한 부류라는 것을 말이야. 물론 네가 복종하고 싶을 만큼 그 힘이 거대하다는 것도……."

숀은 말도 안 되는 헛소리를 하고 있는 것 같았지만 그럼에도 불구하고 그림자 여인은 단 한마디도 반발하지 않았다.

대신 커다란 눈을 더욱 크게 뜨며 놀람만을 표시할 뿐이었다.

"당신의 말대로 따른다면 제게 무엇을 주실 수 있나요?"

"자유. 그리고 앞으로 더 이상 외로움에 떨지 않도록 해줄 수 있지."

"……."

자신의 물음에 손이 너무나 자신 있는 어조로 이렇게 대꾸하자 그녀는 잠시 동안 또다시 침묵에 빠졌다.

하지만 이번에는 손도 그런 그녀에게 말을 걸지 않았다. 그 역시 눈길은 그녀에게 머물러 있었지만 침묵할 뿐이다.

"앞으로 당신을 뭐라고 불러야 하죠?"

"네가 편한 대로 불러라."

"……."

또다시 침묵.

정말 남들이 보면 이것들이 돌았나 싶을 정도로 두 사람의 지금 대화는 너무나도 이상해 도무지 이해할 수가 없었다.

단지 두 사람만큼은 신기할 정도로 서로 이야기가 잘 통하고 있었다.

이것은 어쩌면 손도 과거에 그림자 여인과 똑같은 세월을 보내봤기에 나타나는 현상인지도 몰랐다.

지금 그가 볼 때 여인은 그의 살수 초보 시절의 모습과 닮아도 너무 닮아 있었던 것이다.

그것이 그로 하여금 동병상련을 느끼게 하였고 그의 그런 마음을 그녀도 어렴풋이 느끼고 있었다.

"형이라고 부를게요."

"푸헐! 혀, 형이라고? 오빠가 아니라?"

그렇게 또다시 한참을 침묵하며 고민을 하던 그녀가 갑자기 이런 말을 툭 던졌다.

분명 여자인데 남자인 손에게 형이라니…….

황당한 이야기였지만 그녀는 거기에 대한 그 어떤 말도 더 이상 하지 않은 채 갑자기 자리에서 일어났다.

"이만 가볼게요. 형 말대로 전할 테니 약속은 지켜주세요."

조금 전 손이 내걸었던 약속, 그것은 바로 자유와 외롭지 않게 해주겠다는 것이다.

과거 그가 그랬듯이 그래서 노인이 된 후에 자신의 인생을 후회했듯이 그녀도 외로움이 가장 싫은 것 같았다.

"난 한 입으로 두말하지 않는다. 좋아, 그럼 언제나 네 주변을 맴돌고 있는 자들은 어떻게 할까? 내가 깨끗이 치워줄까?"

"그 정도는 저도 할 수 있어요. 그리고 지금 그들을 없애버리면 제가 뭐라고 하든 어느 정도 의심을 할 수도 있어요. 기왕 형에게 도움이 되어주기로 했는데 철저할수록 좋겠죠. 그럼 이만……."

가만 보니 원래 그녀는 혼자가 아니었던 모양이다.

하긴 손이 그녀의 정체를 알아낸 것을 일부러 떠벌려 그녀로 하여금 최대한 빨리 그 자리를 벗어나게 했던 것도 바로 그들 때문이었다.

하지만 그녀는 그들을 그다지 신경 쓰지 않는지 이렇게 대수롭지 않다는 듯 대답하더니 손을 향해 살짝 목례를 하였다.

그러고는 곧바로 사라지려고 하였다.

"잠깐!"

"……?"

그러자 갑자기 무슨 생각이 들었는지 손이 그녀를 얼른 멈추게 하였다.

그게 의아했는지 그녀는 고개를 돌려 그를 다시 바라보았다.

"아우가 생겼는데 이름도 몰라서야 쓰겠니?"

"욜라… 제 이름이에요."

휘익~!

그녀는 그렇게 이름만 남겨 놓고 바람처럼 사라져 갔다.

그러자 손은 그 자리에 서서 그녀가 사라진 방향을 바라보다가 작게 중얼거렸다.

"욜라라고? 이름도 마음에 드는군. 하지만 형은 좀 너무한 것 같은데……. 쩝…….."

팟!

그 말을 끝으로 그 역시 장내에서 흔적도 없이 사라져 버렸다.

마치 그 동생에 그 형이라는 것을 증명이라도 하겠다는 듯이…….

Chapter 08

대비

건들면죽는다

1

　불과 하룻밤 사이에 렌탈 성의 시장 거리에 거대한 상점 하나가 등장했다.

　그 자리는 원래 커다란 목공소가 있었는데 재작년에 부도가 나는 바람에 그동안 내내 비어 있었다.

　그런 곳을 대체 언제 개조를 했는지 새로 등장한 상점의 위용은 그야말로 대단했다.

　우선 간판만 해도 일반 상점의 간판과는 비교도 되지 않을 만큼 크고 화려했으며 전면은 모두 그 비싸다는 통유리로 만들어져 있었다.

아무 생각 없이 그곳을 지나가던 사람들은 무심결에 그 상점을 발견하는 순간, 입을 딱 벌린 채 한동안 그 자리를 떠나지 못할 정도였다.

아무튼 그곳의 간판에는 커다란 글씨로 이렇게 쓰여 있었다.

—렌탈 성 공식 지정 상점.

"갑자기 상점은 왜 가시려고 하십니까? 필요한 것이 있으시면 아랫사람들을 시키시지, 주인님께서 직접 나서신다는 것이 말이 됩니까?"

그런 대형 간판 앞에 두 사람이 나타났다. 바로 숀과 멀린이다.

이제 두 사람은 워낙 알려져 있는 상태라 여기까지 오는 동안에도 수많은 사람들이 그들에게 고개를 조아리며 인사를 건네왔다.

특히 이제 당당하게 5서클 마법사임을 알리는 멀린의 주황색 로브는 워낙 한눈에 띄는 편이라 더욱 그랬다.

어쨌든 그런 인사들을 뒤로한 채 겨우 상점 앞에 도착한 두 사람은 잠시 이런 대화를 나누었다.

"누구에게 시킬 수 있는 것을 사려는 것이 아니거든. 일단 들어가 보기나 하세."

"알겠습니다."

주인이 가자고 하는데 버틸 수도 없는지라 결국 멀린은 손의 뒤를 따라 상점 안으로 들어갔다.

"어서 오십시오! 멀린 마법사님, 그리고 손 선생님. 그렇지 않아도 총수께서 기다리고 계십니다. 어서 안으로 들어가시지요."

"자네, 우리를 어떻게 아는가? 그리고 방금 뭐라고 그랬나? 총수께서 기다리신다고?"

안에는 여러 명의 종업원이 있었지만 그중 삼십대 초반쯤 되어 보이는 사내가 다가와 두 사람을 정중히 맞이했다.

마치 그들이 올 것을 아는 듯한 태도다. 그 모습에 멀린이 이상하다는 듯 이렇게 되물었다.

"내가 벌써 온다고 했었거든. 그러니 잔말 말고 어서 따라가기나 하세."

"헉! 그, 그렇습니까? 그럼 어서 가야지요."

사내는 두 사람의 그런 모습을 지켜보다가 빙그레 웃더니 이윽고 안쪽으로 그들을 안내해 2층으로 올라갔다.

상점은 1층이 넓은 만큼 2층도 넓었지만 그곳은 하나로 이어진 매장 형태의 일층과 달리 여러 개의 방으로 나뉘어 있었다.

그 가운데 가장 안쪽에 있는 방문 앞에 이르자 곧 문을
두드렸다.

"귀빈들께서 오셨습니다."

"어서 안으로 모셔라."

"들어가시지요."

문이 열리자 안내를 하던 사내는 두 사람을 들어가게 하
고는 자신은 다시 매장으로 돌아갔다.

"어서 오세요, 주군."

"주군을 뵈옵니다!"

두 사람이 문 안으로 들어서자 면사를 쓰고 있는 밤그림
자의 총수가 가운데 서서 예의 바르게 인사를 올리더니 대
뜸 숀을 주군이라 호칭했다.

그뿐 아니라 그렇게 고집스럽고 깐깐하던 장로들마저 한
목소리로 이렇게 인사하는 것 아닌가!

멀린은 그야말로 기절할 듯이 놀랐지만 숀은 그저 고개
만 끄덕이더니 이윽고 가운데 마련되어 있는 커다란 의자
로 다가가 앉았다.

"다들 반갑소. 어서 자리에 앉으시오. 멀린, 자네도 그렇
게 멍청한 표정 짓지 말고 어서 이쪽으로 와서 앉게."

"네? 아 네……."

숀의 태도가 워낙 자연스러운 데다가 밤그림자 사람들마

저 그런 그를 극진히 대하는 모습을 보게 되자 멀린도 주춤 주춤 손이 가리킨 그의 옆자리로 가서 앉았다.

"오랜만입니다, 멀린 마법사님. 5서클을 달성하심을 진심으로 축하드립니다."

"축하드립니다!"

멀린이 자리에 앉자 이번에는 모두 그에게 인사를 건넸다. 멀린으로서는 여전히 얼떨떨한 기분이다.

"모두 주인님의 덕분이기는 하지만 어쨌든 감사합니다."

"아무리 내가 도왔다 한들 자네의 기본 자질이 없었다면 그런 성취는 이룰 수 없었을 것이네. 그러니 앞으로 그런 말은 할 필요 없네."

"하지만… 알겠습니다. 주인님, 그런데 이게 대체 어떻게 된 영문입니까? 어째서 저분들이 주인님께 주군이라고 하는지요?"

숀의 말에 뭐라고 말을 하려던 멀린이 잠깐 생각해 보더니 순순히 이렇게 대꾸했다.

그리고는 아까부터 궁금했던 내용부터 질문했다. 그가 숀 보다 밤그림자를 먼저 알았던 사람이다.

그런 이상 이들이 얼마나 고집스럽고 다루기 힘든 인간들임은 누구보다 잘 알고 있었다.

그렇기에 진작 숀에게 크게 혼나고도 적극적으로 그의

편을 들지 않았었다.

그런데 편은 고사하고 아예 주군이라니……. 정말 기절할 정도로 놀라운 일이다.

"그건 제가 말씀 드릴게요. 애초부터 저희는 주군을 따르고 싶었지만 여러 가지 형편상 그럴 수가 없었습니다. 그런데 며칠 전 주군께서 찾아오시어 그런 저희에게 큰 깨달음을 주신 것은 물론, 중요한 확신을 주셨습니다. 그렇기에 저희는 앞으로 저분께 충성을 바칠 것을 맹세하였지요. 이제 이해가 되셨습니까?"

"아, 그런 일이……. 제가 먼저 주인님을 모시게 되었던 사람으로 한 가지만 말씀드리겠습니다."

"세이경청 하겠습니다."

그러나 총수가 나서서 이처럼 이유를 설명해 주자 멀린은 어느 정도 상황을 짐작할 수 있었다.

손이 깨달음을 주었다는 말을 듣는 순간 말이다.

그래서인지 이번에는 자신이 뭔가 할 말이 생겼는지 이렇게 말을 던졌다.

"정말 탁월하신 선택이셨습니다. 제가 장담하겠습니다만 그 선택으로 당신들을 살아났을 뿐 아니라 당신들의 미래도 보장 받게 되었습니다. 그동안 제가 직접 옆에서 주인님을 모셔오면서 느꼈던 감정은 단 하나였습니다."

"······?"

모두의 얼굴에 짙은 호기심이 떠올랐다. 멀린의 다음 말
이 무엇인지 그만큼 궁금했던 모양이다.

그런 태도를 보며 잠시 말을 끊었던 멀린이 다시금 입을
열었다.

"앞으로 누군가가 대륙을 일통하게 된다면 그분이 바로
우리의 주인님이십니다. 저분이야말로 충분히 그럴 만한
자격이 있는 분이니까요."

쿵!

그 말 한마디에 밤그림자 사람들은 일제히 숀을 향해 고
개를 숙였다. 그렇게 믿겠다는 무언의 표현이다.

그 모습에 숀은 왠지 쑥스러움을 느꼈다.

과거 중원에서의 그 같았으면 이런 경우 당연하다고 생
각할 뿐 아니라 행동도 그랬겠지만, 지금의 그는 확실히 그
때와 많이 달라져 있었다.

좀 더 겸손해지고 순수해졌다고 할까?

아무튼 이생에서의 그가 이렇게 달라진 것은 그를 진심
으로 사랑하고 아껴준 부모님이 있었기에 가능한 일이 아
닐까 싶었다.

그것 말고는 달리 이유를 설명할 만한 일이 없었다.

2

어릴 때부터 천애 고아로 자랐기에 그가 받은 멸시와 고통은 상당했었다.

잘못한 일이 없어도 고아라는 이유 하나 때문에 불이익을 당해왔으며 그 때문에 그는 그 누구보다도 성공하고 싶었다.

그리고 결국 고금 제일인이라고 불릴 만큼 위대한 인물이 될 수 있었다.

하지만 그것은 곧 또 다른 고독을 불러왔고 이제 다시는 그런 삶을 살기가 싫었다. 그래서인지 그는 멀린의 말을 일부러 슬쩍 돌렸다.

"어허, 그런 쓸데없는 소리 하지 말고 어서들 자리에 앉으시오. 대륙의 주인은 고사하고 지금 우리 앞에는 해야 할 일이 산더미라오."

"저희가 할 수 있는 일은 무엇이든 말씀해 주십시오. 주군께서 원하시는 것은 뭐든지 하겠습니다."

숀의 말에 첫째 장로 베네딕트가 얼른 나서서 이렇게 말했다.

불과 며칠 전만 해도 숀보다 바스티안 왕자를 따르자고 했던 그의 모습은 오간데 없는 태도다.

어쨌든 손이 그들을 얻기까지 꽤 많은 시간과 공이 들어 갔지만 그만한 가치는 충분히 있었다.

우선 밤그림자는 엄청난 재물을 가지고 있었다. 큰일을 도모하려면 그것은 가장 기본이 되는 부분이다.

벌써 손은 영지군을 새롭게 훈련시키면서 그곳에만도 엄 청난 돈을 쏟아붓기로 결정한 상태다.

가장 훌륭한 군인이 탄생하려면 우선 가정이 평안해야 하고 무엇보다 잘 먹어야 하는 법 아니겠는가.

물론 그래 봤자 그 정도 비용은 밤그림자의 입장에서는 별것 아니었다.

돈으로 영지를 살 수 있었다면 벌써 샀을 만큼의 돈이 있 었기 때문이다.

하지만 밤그림자의 가장 중요한 효용가치는 뭐니 뭐니 해도 엄청난 정보 능력이었다.

"그렇지 않아도 그대들에게 부탁할 일이 있소."

"하명해 주소서."

이번에도 베네딕트가 대답을 했다. 밤그림자 측은 아무 래도 이런 자리에서는 총수인 소피아보다는 그가 나서는 것이 더 낫다고 생각했던 모양이다.

"나는 이제부터 이곳 렌탈 성 안의 모든 정보를 차단하고 싶소. 외부에서는 이 안에서 일어나는 일을 전혀 모르게 하고 싶다는 말이오. 그게… 가능하겠소?"

렌탈 성 안에서 두 왕자들에게 대항할 만한 힘을 기르려면 무엇보다 정보 차단이 필요했다.

그 부분에 대해서 고심하던 손인지라 더욱 밤그림자를 자신의 사람들로 만들려고 했던 것인지도 모른다.

"그 정도는 식은 스프 먹기라고 할 수 있습니다. 대신 외부의 정탐꾼들이나 스파이들의 접근은 주군께서 별도로 처리해 주셔야 합니다. 그들에 대한 정보는 저희가 드릴 수 있겠지만요."

"그 점은 벌서 조치를 취해 놓았으니 걱정할 필요 없소. 안 그런가, 멀린 마법사?"

이번에는 일부러 멀린을 끌어들였다. 밤그림자 사람들 앞에서 그에 대한 신뢰를 보여 줌으로 인해 그의 입지를 더욱 단단히 해주기 위해서다.

사실 처음 그가 손의 수하가 될 때는 도가 지나칠 정도로 망신스러웠었다.

그 점 때문에 밤그림자 사람들은 멀린은 은근히 우습게 볼 수도 있었다.

그런 이미지를 없애 주기 위해서 손은 이런 부분까지 세심하게 신경 써주고 있었다.

'이분은 정말 알면 알수록 대단한 분이시다. 과거에 수많은 사람들을 다루어 본 경험이 없고서는 이런 노련함을 보여줄 수 없을 텐데……. 아무튼 이런 분을 주인님으로 모실 수 있게 되어 정말 다행이다.'

"주인님 말씀대로입니다. 저는 이미 며칠 전 주인님의 지시를 받고 성 주변의 어두운 지점마다 마법 부비트랩과 경계 마법을 펼쳐 놓았습니다. 그 부분에 관한 내용은 이미 모든 영지군에게 알려놓은 상황이지요. 만에 하나 조금이라도 수상한 자가 성으로 접근하게 되면 크게 후회할 것입니다."

현명한 마법사답게 멀린은 숀의 마음을 눈치채고 속으로 감탄을 하며 이렇게 대답했다.

"그렇다면 전혀 걱정하실 필요 없습니다. 앞으로 외부 사람은 그 누구를 막론하고 렌탈 성 안에서 일어나는 일들은 알 수가 없을 테니까요."

"베네딕트 장로께서 그렇게 말씀해 주시니 내 더욱 든든한 기분이 드는구려. 여러 가지로 고맙소."

"별말씀을요! 저희야말로 주군께 힘이 되어 드릴 수 있어서 감사할 따름입니다."

옆에서 베네딕트의 확연히 달라진 모습을 지켜보면서 미소 짓고 있는 소피아는 며칠 전 숀이 자신들의 처소에 숨어들었던 사건을 다시 한 번 떠올렸다.

그날을 계기로 모두가 손을 따르기로 결정하지 않았던가.

그날 장로들은 모두 밤새 끔찍한 일을 겪었었다.

그러나 정작 소피아 자신은 손과 함께 밤을 새다시피 하면서 많은 이야기를 나눌 수 있었다.

무엇보다 충격적이면서도 기뻤던 일은 손이 그녀와 장로들도 인정하고 있던 루카스의 아들이라는 점이었다.

또한 그가 아버지와 어머니의 염려를 일시에 사라지게 할 목적으로 세상에 등장하게 되었다는 것도 들을 수 있었다.

그게 그녀의 마음을 크게 안심시켰다.

이 사람이야말로 예언의 그가 분명하다는 것을 확신할 수 있었기 때문이다.

그렇기에 그녀는 스스로 손의 편이 되어 장로들을 설득하기로 결심했다.

"아주 이상하고 무서운 일을 겪었습니다. 바로 그 일 때문에 여러분을 이곳으로 부른 것이고요."

"이, 이상하고 무서운 일을 겪으셨다고요?"

"궁금하시죠? 그럼 지금부터 그 일에 관해서 이야기해 드릴게요. 아마 듣고 나면 중대한 결정을 다시 해야 할지도

모릅니다. 그렇지 않으면 어젯밤의 경고가 단순한 경고로
만 끝나지 않을 테니까요."

그날, 그는 밤새 끔찍한 일을 겪은 장로들을 불러놓고 이
렇게 운을 떼었다.

그리고 그녀의 계획대로 장로들 가운데 대표로 베네딕트
가 이렇게 묻자 그녀는 천천히 자신에게 일어났던 일을 이
야기했다.

"어제 밤에 꿈에 돌아가신 아버지께서 나타나셨어요. 그
러더니 저를 보자마자 대뜸 호통을 치시더군요."

"호, 호통을요?"

소피아의 아버지라면 바로 장로들의 은인이자 주군이었
던 사람이다.

벌써 죽은 지 한참 지났지만 그들은 아직도 그녀의 아버
지를 존경하며 그리워하고 있었다. 그러니 얼른 다시 물어
볼 수밖에.

"네, 그러고는 저한테 그러시더군요. 대체 지금 무엇을
하고 있느냐고. 우리 가문이 언제부터 그렇게 목적을 위해
서 의를 등한시하고 수단 방법을 가리지 않을 만큼 타락했
느냐고……."

"크흑, 그 어르신이라면 틀림없이 그렇게 말씀하셨을 것
입니다."

베네딕트가 과거의 주인을 생각하며 눈물까지 흘리자 다른 장로들도 일제히 같이 울었다.

그 모습을 보며 소피아는 속으로 약간 찔렸지만 입술을 깨물며 또다시 입을 열었다.

"그러면서 저더러 갑자기 루카스 왕자님을 따르라고 했습니다. 그러면서 꿈에서 깨어났지요. 일어난 후에도 아버지의 그 말씀이 대체 무슨 뜻인지 궁금했습니다. 하지만 금방 이유를 알 수 있었지요. 바로 여러분들이 겪었던 일과도 관련이 있는 이유입니다만……."

"저, 저희가 겪은 일과요?"

장로들이 다시 놀라며 이렇게 되묻자 소피아는 다시 그들에게 질문을 던졌다.

"만일… 루카스 왕자님께서 살아 계시다면 여러분은 그분을 따를 생각이 있나요?"

"어르신께서 꿈속에서 말씀하지 않으셨어도 저희는 애초부터 그분을 선택했을 것입니다. 하지만 우리도 그분의 흔적을 무척 찾아보았지만 결국 돌아가신 것으로 판명 나지 않았습니까?"

"누가 나의 아버지를 돌아가시게 만드는 거요? 아직 건강하게 잘 살고 계시거늘……."

그리고 바로 그때, 손이 나타나 모든 것을 극적으로 털어

놓았다.

자신이 루카스의 아들이며 지난밤 장로들을 언제든지 죽일 수 있는 사람이라는 것을 깨닫게 해주어 그들을 거두기 위해 왔었다는 것까지.

그리고 그 순간 장로들은 그 자리에서 숀을 향해 무릎을 꿇었다.

소피아의 아버지가 꿈에 나타나서 했던 말이 워낙 크게 가슴에 남아 있는 데다가 루카스의 아들이라면 죽는 한이 있어도 따를 가치가 있다고 판단했던 것이다.

그리고 그렇게 밤그림자 모두는 숀의 수하가 될 수 있었다.

'운명적으로 나의 지아비가 되실 분……. 저분을 모두가 따를 수 있게 되어서 얼마나 기쁜지 몰라. 호호…….'

그리고 이 순간, 소피아는 이렇게 혼자 결론을 내리고 있었다.

Chapter 09

암암리에 깔리는 음모

건들면 죽는다

1

위잉~ 퍼억!

쨍그랑~!

"컥!"

다짜고짜 유리병을 집어 던졌지만 덴신은 그것을 피할
엄두도 내지 못했다.

당연한 것이 그것을 던진 사람이 바로 둘째 왕자 크리스
티안이었기 때문이다.

그것도 자신이 먼저 잘못한 일을 가지고 그러는 것이니
더욱 변명의 여지가 없었다.

"단데스 그놈이면 충분할 거라고 네 주둥이로 분명히 말하지 않았나? 그런데 뭐가 어쩌고 어째? 그놈이 겨우 시골의 무지렁이 남작 놈에게 패했다고? 그게 지금 말이라고 하는 겐가!"

"죄송합니다. 죽여주십시오! 저하!"

이미 이마에서는 피가 흘러내리고 있었지만 기사 텐신은 그것을 닦을 시늉조차 하지 못한 채 냉큼 바닥에 부복하며 벌을 청했다.

이럴 때는 무조건 빌어야지 만에 하나 변명이라도 하려고 했다간 자칫 목이 잘릴 위험성도 있었던 것이다.

게다가 지금 크리스티안 왕자는 지난번보다 어딘가 훨씬 위험해 보였다.

눈동자는 빨갰으며 얼굴을 창백했다.

그리고 온몸에서는 알 수 없는 기세가 무럭무럭 피어오르고 있었다.

"버러지 같은 네깟 놈을 죽여 봤자 내 손만 더러워질 뿐이겠지. 어서 더 이야기해 보아라. 지난번 네가 말할 때만 해도 단데스 영지가 렌탈인지 하는 놈의 영지보다 훨씬 강하다고 하지 않았더냐? 그런데 어째서 패한 건가?"

"그, 그게 아무래도 바스티안 왕자님의 입김이 작용한 것 같습니다. 객관적으로 봤을 때는 절대로 렌탈 그자가 단데스를 이길 수 없었습니다. 그래서 저도 장담을 했던 것이고요."

벌써 여러 가지 정보가 올라오기는 했지만 아직까지도 텐신은 어째서 렌탈 영지군이 단데스 영지군에게 이길 수 있었는지 알 수 없었다.

올라오는 정보마다 다 제각기였던 탓이다.

"머저리 같은 녀석! 그러고도 네가 왕실 정보부를 통째로 집어삼키려는 놈이라고 할 수 있는가! 꼴 보기 싫으니 당장 가서 이게 어찌 된 일인지나 알아보고 오도록 해라! 만일 내일까지도 이유를 알아오지 못한다면 네 피를 모조리 바칠 각오까지 해야 할 것이다."

"반드시 원인을 파악해서 다시 오겠습니다!"

넙죽.

이럴 때는 차라리 자리를 피하는 것이 훨씬 현명했다.

그것을 알고 있기에 텐신은 더 이상 아무런 변명도 하지 않은 채 크리스티안의 처소에서 물러나왔다.

그러고는 곧바로 걸음을 옮겨 정보부에 있는 자신의 사무실로 향했다.

"이런 개 같은 경우가 어디 있냐고! 으으~ 염병할~!"

그는 수하들이 인사를 해도 눈길도 주지 않은 채 자신의 사무실로 들어가더니 잠깐 동안 발광을 했다.

온몸을 비틀면서 허공에 대고 욕까지 할 정도다.

그러더니 어느 정도 기분이 가라앉았는지 다시 책상에 앉았다.

"어째서 이런 일이 일어난 것이지? 다 된 스프에 코를 빠뜨려도 유분수지, 빌어먹을⋯⋯."

그러고는 이렇게 중얼거리다가 갑자기 뭔가 떠오른 듯 밖을 향해 소리쳤다.

"가서 데릭 경을 불러 오너라!"

"네! 사무관님!"

기사 데릭은 그의 심복 가운데 한 사람이었다.

현재는 왕궁 호위 기사단의 일원이지만 호위대장의 명령보다 그의 명령을 더 잘 따랐다.

그건 그가 겉으로는 호위 기사였지만 실제로는 정보부의 비밀 요원이었기 때문이다.

어쨌든 사무관 텐신의 명령이 떨어지자 밖에 있던 비서가 잽싸게 가서 데릭을 데리고 왔다.

"부르셨습니까?"

"어서 오게. 방금 전 그분께 왕창 깨지고 왔네. 이게 무슨 말인지 알겠나?"

텐신의 말에 데릭은 가만히 고개를 끄덕였다. 그가 왜 이런 말을 하는지 알고 있다는 듯한 태도다.

"그렇지 않아도 그쪽에서 연락이 왔었습니다. 곧 사무관 님을 직접 찾아뵙겠다고 하더군요. 워낙 중요한 사안이라 다른 사람에게 말을 할 수 없다고 했습니다."

"그, 그게 정말인가? 정말로 코드명J가 그렇게 말했다는 말이지?"

사무관 텐신의 입에서 놀라운 이름이 튀어나왔다.

'코드명J'.

이는 현존하는 최고의 어쌔신을 가리키는 말이다.

그의 명성은 칼론 왕국뿐 아니라 대륙 전체에도 퍼져 있을 정도였다.

그 어떤 청부도 완벽하게 처리해 준다고 알려진 그는 성별도, 나이도, 심지어 아이인지 노인인지조차 알려지지 않았다.

그럼에도 사람들은 그를 대륙 최고의 어쌔신이라고 서슴지 않고 손꼽아 주었다.

사실 텐신은 이번 단데스 영지의 전투에 그를 고용해서 보냈었다.

그 이유는 순전히 렌탈 남작을 완벽하게 납치하기 위해서였다.

그만큼 이번 일은 그에게 중요했었다.

물론 이보다 앞선 선행 조건은 있었다. 그건 바로 렌탈 남작이 단데스 자작과의 영지전에서 크게 패했을 경우였다.

만일 그 전투에서 이겼는데도 그를 납치해 버린다면 커다란 이슈가 될 수 있었다.

그렇게 되면 주목을 받게 될 것이고 그건 그의 주인인 크리스티안이 절대 원하는 바가 아니었다.

그러나 큰 걱정은 하지 않았다. 렌탈 영지군이 단데스 영지군에게 승리할 수 있는 경우는 만에 하나조차 되지 않았기 때문이다.

최소한 일을 의뢰할 때까지는 분명 그랬었다.

"네, 그런데 이상하게도 그와 함께 움직였던 요원들에게서는 아무런 연락도 없었습니다. 다른 요원들의 말에 의하면 이틀 전부터 연락 두절이랍니다."

"으음……. 그건 큰 상관없다. 어차피 그 녀석들은 단데스가 승리했을 경우 그의 묵인하에 렌탈 남작을 잡아가겠다는 말을 전하는 역할뿐이었으니까. 그자들에 관한 문제는 모두 자네에게 일임할 테니 알아서 처리하게."

"그럼 그렇게 하겠습니다."

코드명J는 외부 인사다.

그런 사람이 영지전쟁에 끼어들어 상대편 군주를 납치해가버리는 것은 말이 안 되었다.

그렇기에 애초부터 정보부 요원들을 함께 파견했던 것이다.

그래야 단데스도 그것이 둘째 왕자의 명령이라는 것을 납득 할 테니까 말이다.

물론 지금에 와서는 아무런 소용도 없는 이야기이니 그런 작자들까지 신경 쓰고 싶지 않았을 터였다,

"그가 언제 올지 모르니 자네는 그만 가보도록 하게."

"알겠습니다. 그럼 수고하십시오!"

코드명J는 워낙 신출귀몰하는 자이다 보니 될 수 있으면 혼자 기다리는 것이 나았다.

그래야 그도 편안하게 등장할 테니까 말이다. 그리고 그런 텐신의 예감은 적중했다.

그가 데릭을 내보내자마자 사무실 안쪽에 검은 그림자가 조용히 스며들었던 것이다.

하지만 텐신은 그런 현상을 전혀 모르고 있었다. 그야말로 귀신이 곡할 만큼 은밀한 움직임이다.

그리고…….

스윽… 척!

"허억! 누, 누구……."

놀랍게도 그림자는 텐신이 다시 자리에 앉자마자 그의 목에 단검을 갖다 대었다.

어쩌나 자연스럽고 은밀한 움직임이었는지 텐신처럼 실력 있는 기사도 칼날이 목에 닿은 다음에야 그의 등장을 알 정도였다.

만일 그림자가 적이었다면 그는 꼼짝없이 목숨을 내어놓을 수밖에 없는 상황이었다.

그리고 감히 왕실 내부에서도 가장 경비가 삼엄한 정보부의 심처까지 숨어 들어와 사무관인 텐신의 목숨을 이처럼 쉽게 노릴 수 있는 사람은 세상에서 단 한 명, 바로 코드명J뿐이었다.

2

아무리 왕실 정보부장 자리를 노릴 만큼 능력 있고 수완이 좋은 텐신이라고 해도 지금 이 자리를 피할 수 있는 방법은 단 한 가지도 떠오르지 않았다.

머릿속이 거의 하얗게 비어버릴 만큼 두려울 뿐이다.

"내가 그렇게 만만해 보였던가?"

"갑, 갑자기 그게 무슨 소리요?"

게다가 그림자의 목소리를 마치 빙굴 안에서 흘러나오는 기괴한 악마인양 차갑고 음침했다.

더욱이 남성 특유의 톤과 여성 특유의 톤이 혼합되어 있어서 텐신으로 하여금 더욱 소름끼치는 기분을 맛보게 하고 있었다.

"너는 렌탈 남작이 아무런 힘도 없을 거라고 했다. 그렇기에 전투가 벌어지게 되면 곧바로 일은 끝날 거라고 말했었지. 그건 기억하나?"

"물론이오. 그때까지⋯⋯."

"입 다물고 우선 내 말 부터 들어라!"

꾸욱⋯⋯.

"컥! 아, 알겠소."

코드명J의 말에 텐신은 무엇인가 변명을 하려고 했다.

하지만 그건 그야말로 희망사항일 뿐 그는 즉시 다시 입을 다물 수밖에 없었다.

당장 목에 바람구멍이 날 판인데 계속 떠들 만큼 간이 부은 것은 아니었으니 당연했다.

"하지만 알고 보니 힘이 없다던 그의 영지군 속에는 황당하게도 소드 마스터가 숨어 있더군. 그뿐이 아니다. 이후 내가 세밀하게 조사해 본 바에 의하면 그 소드 마스터는 이 왕국의 첫째 왕자 바스티안이 부른 자라고 한다. 이게 무엇을 의미하는 거지? 그런 사실을 일부러 감추어서 나까지 함정에 몰아넣은 다음 함께 죽이겠다는 뜻 아니었는가?"

"그, 그건 오해요! 설마 렌탈 남작 같은 자의 배후에 바스티안 왕자가 있을 리 없소. 게다가 소드 마스터라니…….
우리 왕국에는 그런 존재는 아예 있지도 않다는 말이오! 그
리고 당신도 생각해 보시오. 만일 그게 사실이라면 어째서
바스티안 왕자의 심복인 크롤 백작까지도 렌탈 남작을 공
격했겠소?"

또다시 칼날에 힘이 들어가자 텐신은 기겁을 하면서 이
렇게 되물었다.

어떻게 해서든지 이 무서운 작자의 오해를 풀어야만 자
신도 살 수 있다고 생각했으니 필사적일 수밖에 없다.

"멍청하기는. 그 정도는 연극을 해줘야 다들 속을 것 아
닌가. 당신은 명색이 왕실 정보부 소속이라면서 그런 간단
한 계략조차 파악하지 못했다는 말인가?"

"맹세코 몰랐소! 그러니 일단 이 검 좀 치우고 이야기합
시다. 내 차근차근 당신의 오해를 풀어드리겠소."

그렇지 않아도 텐신의 사무실은 조금 어두운 편이다.

그는 이곳에서 가끔 죄인들을 잡아다가 심문을 하곤 했
기에 일부러 언제나 조명을 어둡게 해놓는다.

그것이 지금은 후회스러울 지경이다. 어둠 속에서 보는
코드명J는 정말 소름이 끼쳤던 것이다.

그는 비록 복면을 쓰고 있었지만 온몸에서 뿜어져 나오
는 기세가 너무나도 날카롭고 섬뜩했다.

그렇기에 텐신은 마른 침을 삼키며 이렇게 말을 했다. 그러자 어느새 그의 목에 닿아 있던 검 날이 순식간에 사라졌다.

"그럼 어디 말해봐라."

"우선 나는 지금 당신을 통해 처음으로 렌탈 남작의 배후에 바스티안 왕자가 있다는 것을 알게 되었소. 그것은 나뿐만 아니라 아마 아는 사람이 거의 없을 것이오. 하지만 충분히 그럴 만한 근거는 있는 것 같소. 그런 배후가 없었다면 렌탈 남작이 단데스 자작의 영지군을 물리칠 수 없었을 테니까……."

"으음……. 당신은 정말 모르고 있었던 사실 같군."

코드명J는 텐신의 말에 어느 정도 공감을 했는지 기세를 조금 누그러뜨리며 이렇게 말했다.

그러자 텐신은 기가 조금 살았는지 얼른 다시 이야기를 이어갔다.

"게다가 그럴 만한 근거는 또 있는 것 같구려. 사실 어제 그렇지 않아도 우리 정보원이 크롤 백작군마저 렌탈 영지를 공격했다는 보고를 해왔소. 그런데 황당하게도 그들마저 렌탈 남작의 영지군이 물리쳤다고 하더군요. 그러면서 거기에 소드 마스터가 등장했다는 어처구니없는 보고도 올라왔다오. 그때는 그 정보원이 미쳤거나 아니면 렌탈 영지의 스파이들이 고의적으로 잘못된 정보를 흘린 것이 아닐까 싶었는데 당신 말을 들어보니 그게 아니었던 모양이오. 게다가 전력이 크롤 영지의 삼분의 일도 되지 않는 렌탈 영지군이 그들마저 물리칠 수 있었던 것은 바스티안 왕자 측의 연극이 분명한 것 같소. 그들은 그렇게까지 해서 철저하게 우리의 정보망을 바보로 만들어 놓고 단데스 영지를 집어삼키려고 했겠지. 그렇지 않겠소?"

"솔직히 나도 그가 소드 마스터라고 생각하지는 않는다. 워낙 실력이 높다 보니 허접한 영지군들의 눈에는 그렇게 보였겠지. 어쨌든 나는 그런 일에는 관심이 없다. 단지 상황이 어떻든 당신 때문에 나까지 위험했던 것은 사실이다. 물론 당신이 확신했던 선행조건도 이루어지지 않았으니 당신의 의뢰 또한 이행할 수는 없었다. 내 말이 틀린가?"

텐신이 구구절절이 변명처럼 이런 내용을 늘어놓았지만 코드명J는 시큰둥한 목소리로 이렇게 대꾸했다.

그의 이런 태도가 오히려 텐신에게는 고마울 정도다.

그처럼 무서운 인간이 다른 것으로 트집을 잡게 되면 더 골치가 아플 수도 있었기 때문이다.

"백번 옳소이다. 그럼 이렇게 하는 게 어떻겠소?"

"말해라."

텐신의 올해 나이는 마흔둘이다.

하지만 코드명J는 그런 그에게 처음부터 지금까지 하대를 하고 있었다.

그런데도 텐신은 전혀 거부감이 들지 않았다.

코드명J의 위명을 생각해 보면 충분히 그럴 만한 자격이 있다고 생각했던 탓이다.

그리고 최소한 그 정도 명성을 쌓을 정도면 코드명J도 어느 정도 나이가 있을 것이라고 지레 짐작한 것도 한몫했다.

"어쨌든 우리 측이 정확한 정보를 전달해 주지 못했던 잘못도 있으니 이번 의뢰를 위해 건네주었던 선금은 받지 않기로 하겠소. 대신 당신도 우리와의 일을 그 누구에게도 발설하지 않았으면 좋겠소."

스윽.

"지금 나랑 장난하겠다는 건가?"

"헉! 또 왜 그러시오?"

텐신 딴에는 선심 쓰듯 말을 했지만 그게 코드명J의 기분을 상하게 했던 모양이다.

그는 어느새 집어넣었던 단검을 꺼내 또다시 텐신의 목에 대었다.

텐신으로서는 두 눈 멀쩡하게 뜬 상태로 보고 있으면서도 당한 상황이다.

이게 더욱더 그의 공포심을 자극했다.

코드명J가 다시금 입을 열었다.

"아까 분명히 말했다. 나는 내가 의뢰받은 만큼 움직였고 그로 인해 하마터면 소드 마스터의 손에 죽을 뻔했다. 그것도 네놈들의 부실한 정보 때문에 말이다. 그런데도 선금이나 떼어먹고 떨어지라고? 지금 그게 말이 된다고 생각하나?"

"내, 내 생각이 짧았소. 지금 즉시 잔금까지 드릴 테니 제발 이 검을 치워주시오. 부탁이오."

알고 보니 코드명J는 돈 때문에 화가 난 듯했다.

그것을 깨닫자 텐신은 얼른 말을 바꾸었다.

하긴 아무리 큰돈이라 해도 생명보다 귀할 수는 없는 법 아니겠는가.

"돈을 꺼내는데 목까지 쓸 일은 없겠지. 지금 당장 꺼내라."

"알, 알겠소."

'이런 빌어먹을! 빌어먹을!'

텐신은 속으로 코드명J를 향해 연신 욕을 남발하고 또 남발했다.

하지만 그런 속과는 달리 겉으로는 매우 얌전한 모습으로 사무실 안에 있는 금고를 향해 걸음을 옮겼다.

힐끔.

코드명J의 눈치를 살핀 텐신은 이내 한 무더기의 금화를 꺼내 이를 건네주었다.

애초 약속했던 보수에서 선금 500골드를 제외한 잔금 1,500골드(우리돈으로 약 7억 5천만원)였다.

하긴 영주를 감쪽같이 납치하는 일이었으니 그만큼 보수가 높을 수밖에.

"좋아, 그럼 나는 가보겠다. 만일 다음에 또다시 내가 필요한 일이 생기면 그때는 기본적인 정보부터 미리 파악하고 의뢰하도록. 알겠나?"

"명심하겠소."

팟!

텐신의 말이 끝남과 동시에 코드명J는 감쪽같이 사라졌다. 실로 명성이 아깝지 않은 놀라운 솜씨다.

"비록 거금을 날리기는 했지만 그 가치 이상의 정보를 얻었구나. 지금 당장 크리스티안 저하께 가서 이 사태를 알려야겠다. 설마 바스티안 왕자 측에서 이런 음모까지 계획했을 줄이야……."

이번에는 이렇게 중얼거리던 텐신이 부랴부랴 문을 열고 나갔다.

그리고 얼마나 지났을까.

텐신이 사라진 방 안 천장이 부풀어 오르더니 방금 전 사라졌던 코드명J가 다시금 모습을 드러냈다.

"이렇게 되면 형의 부탁은 들어준 셈이겠지? 호호……."

그는, 아니 그녀는 바로 놀랍게도 욜라였다.

그녀는 이런 말을 남겨놓고 또다시 사라져 버렸다.

이번에야말로 완전히 그 방 안에서 모습을 감춘 것이다.

3

넓고 환한 실내에는 고급스러운 가구들이 즐비했으며 창문의 커튼도 무척 비싸 보였다.

게다가 커다란 책상 위에는 한눈에 보기에도 귀할 것 같은 금으로 만든 불새의 장식이 놓여 있었다.

불새의 가문이라 불리는 크롤 가문의 상징이었다.

그곳에선 크롤 백작이 분노를 참지 못한 채 열을 뿜어내고 있었다.

"미친놈들 같으니라고! 소드 마스터라니, 그게 말이 된다고 생각하는가?!"

"그러게 말입니다. 말도 되지 않는 소리입니다. 아무래도 소드 익스퍼트 중급 이상의 검사가 마나를 최대치로 불어넣은 것이 햇빛에 반사되면서 오러 블레이드와 비슷한 모양을 형성했던 것 같습니다. 그것을 본 사람들은 거의 대부분 검술 실력이 미천하다 보니 무턱대고 소드 마스터가 나타났다고 착각을 했겠지요."

이미 전쟁에 패한 것은 돌이킬 수 없는 기정사실이다.

하지만 크롤 백작은 이번 전쟁의 패배가 상대편인 렌탈 영지군의 능력 때문이라 생각하지 않았다.

그보다는 자신이 믿고 총사령관으로 임명했던 기사 더그한이 배신한 것이라고 규정했다.

말이 소드 마스터지, 전 대륙을 통틀어 단 세 명도 되지 않는다는 존재가 나타났다고들 난리가 났다.

이는 크롤 백작이 보기에 정말 말이 되지 않았다.

어떻게 이깟 시골구석에 그런 위대한 존재가 나타날 수가 있다는 말인가.

납득할 수 있는 말이라면 모르겠지만, 이는 열에 열, 백에 백 거짓일 게 자명하다는 것이 크롤 백작의 판단이었다.

으드득.

"씹어 먹어도 시원치 않을 놈 같으니라고. 내가 그놈에게 얼마나 잘해주었는데 이제 와서 배신한다는 말인가."

"제가 전에도 그놈을 너무 믿지 말라고 말씀드리지 않았습니까? 그나마 그의 주장을 따르지 않고 영지군을 절반만 보낸 것은 천만다행이었습니다."

지금 크롤 백작과 대화를 나누고 있는 자는 이곳 영지의 훈련대장이자 크롤의 배다른 동생인 알트 남작이었다.

그는 성격이 편협하고 검술을 익히는 것보다는 술과 여자를 더 좋아하는 위인이었기에 진작부터 크롤의 눈 밖에 났던 자다.

하지만 지금은 그가 그렇게 싫어했던 더그한이 배신자로 찍혔고 영지전에서도 대패한 상태였기 때문에 그에게도 기회가 온 것이라고 할 수 있었다.

"네 말이 맞다. 어쩐지 그놈이 맹수는 하찮은 짐승을 공격할 때도 최선을 다해야 한다며 전 병력을 이끌고 가자고 하더니 설마 그게 나를 망하게 하려는 수작이었을 줄이야. 그때 내가 혹시 몰라 병력의 반은 영지에 두자고 하기를 잘했지."

"그만큼 형님께서 현명하시다는 뜻이지요. 어쨌든 아직 늦지 않았습니다. 제가 이미 구르몽 자작에게도 지원군을 보내달라고 통보했고, 다른 영주들에게도 지원 요청을 한 상태입니다. 물론 모두 우리와 같은 노선을 걷고 있는 귀족들이지요."

지금까지 알트 남작은 망나니에 가깝게 살아왔지만 그에게도 장점은 있었다.

바로 지금처럼 잔머리에 능하고 무슨 일이든 대처가 빠르다는 점이 그것이다.

그런 면들이 평소에는 크롤 백작의 눈에 들어오지 않았었지만 지금은 달랐다.

"이럴 때 네가 옆에 있어서 얼마나 든든한지 모르겠구나. 잘했다. 지원군이 도착하면 내가 직접 나서서 렌탈 영지를 박살 낼 것은 물론 배신자를 철저하게 응징할 것이다."

"여부가 있겠습니까. 저도 목숨을 바쳐서라도 그런 형님의 뒤를 따르겠습니다."

두 사람이 이런 대화를 나누고 있을 때 갑자기 밖에서 집사가 큰 목소리로 이렇게 보고했다.

"각하! 손님이 찾아오셨습니다. 소피아 상단의 장로라는 자입니다."

"소피아 상단이라고? 당장 들라 하라."

"네!"

소피아 상단.

이는 밤그림자의 대외적인 이름이자 이들에겐 어느 정도 익숙한 이름의 상단이었다.

그들은 벌써 손의 식구가 되었지만 지금은 그의 특명을 받고 크롤 영지를 방문한 것이다.

"위대하고 영명하시며 만인의 군주로 군림하고 계신 크롤 백작님을 뵙게 되어 영광입니다. 저는 소피아 상단의 호위 장로인 콘라드라고 합니다."

"내 이미 그대들이 우리와 같은 노선을 걷고 있다는 것은 알고 있었네. 하지만 만나볼 기회가 없었는데 이렇게 찾아와 주니 반갑군. 일단 그쪽에 앉게."

"감사합니다."

크롤 백작의 집무실에 나타난 사람은 둘째 장로 콘라드였다.

그는 귀족들을 많이 상대해 보았는지 격식에 맞는 인사를 하며 자신이 누구인지 밝혔다.

평소의 크롤이었다면 상인 무지렁이라고 만나주지도 않았겠지만, 지금은 상황이 상황인 만큼 의외로 반갑게 맞이해 주었다.

소피아 상단이 정보에 밝다는 것은 어느 정도 알고 있어서 그런 것도 있었겠지만.

"그래, 무슨 일로 찾아왔는가?"

"저희가 진작부터 바스티안 왕자 저하의 명을 따르고 있다는 것은 알고 계실 것입니다."

"그건 맞네."

"저희는 원래 단데스 영지와 렌탈 영지의 전쟁을 부추기는 역할을 맡았었습니다만, 그 과정에서 한 가지 무서운 사실을 알게 되었습니다. 때문에 그냥 넘어갈 수가 없어서 감히 각하를 뵈러 온 것입니다."

크롤 백작을 상대하는 콘라드의 화술은 상당히 교묘한 면이 있었다.

그는 최대한 자신을 낮추면서 이야기하고 있기는 하지만, 상대로 하여금 자신의 말에 깊이 빠져들도록 기교를 부리고 있었다.

그리고 그것은 이내 크롤의 호기심을 크게 자극했다.

"무서운 사실……? 그게 뭔가?"

"외람된 말씀이기는 합니다만 꼭 필요해서 드리는 질문이오니 너무 노여워하지 마시고 대답해 주시면 감사하겠습니다."

"상단 사람이라 그런지 예의가 무척 바르군. 좋네, 어떤 질문도 괜찮으니 어디 해보게."

이 당시 귀족들은 평민을 대할 때 그야말로 기분 내키는 대로였다.

즉, 한마디 말이라도 잘못했다가 귀족의 기분을 상하게 하면 자칫 목이 날아갈 수도 있었다.

게다가 상대는 귀족들 가운데서도 최상층에 위치한 백작이다.

그런 만큼 콘라드는 신중에 신중을 더해 그를 상대하고 있었다.

"각하께서는 지난번 렌탈 남작의 영지를 공격했을 때 왜

당했다고 생각하십니까?"

"끄응, 이 사람이 아픈 곳을 찌르는군. 하지만 흔쾌히 대답해 주지. 그건 바로 내 잘못일세. 내가 총사령관을 잘못 임명하는 바람에 그에게 배신을 당한 것이지. 그 때문에 전쟁도 지게 된 것이고……."

아직 젊어서 그런지 크롤은 과격한 면은 많았지만 이처럼 쿨한 성격도 가지고 있었다.

그렇기에 어찌 보면 자신의 치부라고 할 수 있는 말도 서슴지 않고 할 수 있었는지도 모른다.

"그것도 이유 중의 하나일지는 모르겠습니다. 하지만 저희가 이번에 알아낸 사실은 그것과 조금 다릅니다."

"다르다니? 그건 또 무슨 소린가?"

콘라드의 말에 크롤의 눈이 갑자기 커졌다. 너무 의외의 말을 들었던 탓이다.

"각하의 총사령관이었던 기사 더그한은 싸움에 임할 때까지만 해도 배신을 생각했던 것이 아닙니다. 어쩌면 그는 지금도 각하께 충성을 다하고 있을지도 모릅니다. 단지 그 전투 속에는 무서운 인물의 개입이 있었던 것뿐입니다."

"그게 대체 무슨 소리인가? 무서운 인물의 개입이라니? 설마 자네도 소드 마스터를 이야기하는 것인가?"

이야기가 진행될수록 크롤의 목소리는 자신도 모르게 커

지고 있었다.

그만큼 콘라드가 꺼낸 이야기는 매우 민감하면서도 중요한 내용이었던 것이다.

"지금 소문에 돌고 있는 소드 마스터는 가짜입니다. 물론 그의 실력이 대단한 것은 사실입니다만, 사람들이 그를 소드 마스터라고 착각하고 있는 것도 알고 보면 그 무서운 인물의 음모에 불과합니다. 그자가 검을 치켜 올릴 때마다 마법사로 하여금 검에서 오러 블레이드와 비슷한 광채가 일어나게 한 것뿐이거든요. 다른 사람이라면 그런 연출도 쉽지 않습니다만, 그 인물이라면 그리 어렵지 않게 할 수 있지요."

"으으으, 대체 그 인물이 누구란 말인가? 어서 말해보게."

이제는 아예 콘라드를 잡아먹을 것처럼 크롤이 위협적으로 말을 했지만 반대로 콘라드는 처음보다 더욱 느릿느릿하게 말을 이어갔다.

"바로… 크리스티안 왕자입니다. 그가 아니고서는 대 크롤 백작님의 영지군을 그처럼 어이없게 망가뜨릴 수는 없겠지요. 저희는 그 사실을 알게 된 직후 곧바로 달려온 것입니다."

"그, 그게 정말인가? 아니지. 그대 말을 듣고 보니 충분히 그럴 수 있다는 생각이 드는군. 크리스티안 왕자가 그랬다는 말이지? 이보게, 알트."

콘라드의 말에 크롤은 엄청난 충격을 받았지만 곧 그것을 인정했다.

하긴 크리스티안 왕자가 개입한 것이 아니라면 자신들보다 형편없는 렌탈 영지군에게 그처럼 간단히 무너질 리가 없었다.

더그한의 배반이라는 말은 스스로 그것을 감추기 위한 핑계에 불과했던 것이다.

"네, 형님."

"자네도 들었지?"

"물론입니다."

크롤이 무슨 이야기를 할지 이미 알았다는 듯 알트가 큰 목소리로 대꾸했다.

"그럼 지금 당장 바스티안 왕자님께 달려가 이 이야기를 그대로 전하게. 알겠는가?"

"명을 받들겠습니다!"

대답과 동시에 알트 남작이 서둘러 집무실을 나섰다.

이참에 바스티안 왕자에게도 자신의 존재를 알릴 수 있는 기회라고 생각하면서.

어쨌든 결국 이렇게 해서 두 왕자는 렌탈 영지의 전쟁을 놓고 서로가 서로를 의심할 수밖에 없게 되었다.

그리고 그것은 곧 렌탈 남작과 숀의 존재가 그만큼 희미해짐을 뜻했다.

최소한 두 사람이 웅크리고 있는 렌탈 영지는 그 누구도 위험하다고 생각하지 않게 될 것임은 분명했다.

Chapter 10

훈련

건들면 죽는다

1

　큰 승리를 두 번이나 거두었지만 여전히 렌탈 영지는 위험이 해소되지 않았다.

　그나마 단데스 영지는 영주 자체를 포로로 잡고 있으니 큰 문제가 없었지만, 크롤 백작의 영지는 조만간 큰 위협이 될 게 분명했다.

　하지만 다행히도 뜬금없이 손의 아우가 된 욜라와 밤그림자의 적극적인 개입으로 인해 현재의 정세는 미묘한 균형을 이루고 있었다.

　한마디로 그것은 렌탈 영지에 어느 정도 시간 여유를 가져 올 수 있었던 것이다.

"빨리빨리 뛰지 못할까? 겨우 이따위로 훈련에 임하라고 너희에게 그렇게 맛있는 음식과 장비를 지급한 줄 아는가? 어서 더 열심히 뛰란 말이다!"

"알겠습니다!"

숀과 렌탈 남작 그리고 성의 간부들은 주어진 시간을 최대한 활용하기 위해 매일같이 병사들 훈련에 여념이 없었다.

처음 훈련을 시작했을 때만 해도 그들은 형편없다 못해 처참한 지경이었다.

그동안 워낙 부실하게 먹은 데다가 전쟁에 시달려 왔기에 그럴 수밖에 없었다.

하지만 불과 보름이 지나자 병사들의 모습은 크게 달라졌다.

바로 지금처럼 말이다.

"어떻게 저렇게 빠르게 변해가고 있는지 보면서도 믿기지가 않을 정도입니다."

"아직 멀었습니다. 애초 제가 생각하고 있는 수준에 도달하려면 훨씬 더 빠르고 강해야 합니다. 그러자면 더욱 잘 먹여야겠지요."

병사들의 훈련 모습을 지켜보던 렌탈 남작이 숀에게 감

탄스럽다는 듯 이렇게 말했다.

저들이 변할 수 있었던 가장 근본적인 원인 제공자가 바로 손이었다.

그러나 손은 전혀 만족스럽지 않다는 듯 이렇게 대꾸했다.

"그런데 지금처럼 병사들을 먹이게 되면 성의 예산에 큰 차질이 올 수 있을 텐데 괜찮을까요?"

"그건 걱정하지 마십시오. 이미 소피아 상단에서 그 부분에 대한 비용은 모두 지불해 주기로 했으니까요."

"아니, 그게 정말입니까?"

이곳의 주인은 대외적으로 렌탈 남작이었지만 이미 렌탈 남작 자체가 손의 수하임을 자처하고 있는 상황이다.

그렇다 보니 실제로는 손이 이 영지의 주인이라고 말해도 과언이 아닌 상황이었다.

그렇기에 이런 결정도 그가 먼저 할 수 있었던 것이다.

물론 렌탈 입장에서도 반가운 이야기였다.

"앞으로 재정 문제는 언제든지 소피아 상단에서 도움을 주기로 했으니 필요한 것이 있으면 이야기하십시오."

"알겠습니다. 최근 들어 성안에 워낙 많은 포로들이 발생해서 그렇지 않아도 여러모로 돈이 필요한 시점입니다. 이럴 때 그처럼 든든한 자금줄이 생겼으니 정말 다행입니다."

단데스 영지군 포로가 백 명에 크롤 영지군의 포로는 무려 사백오십여 명이다.

총 오백오십 명이나 되는 것이다.

그렇다 보니 그들이 먹어대는 식량만 해도 얼마나 많았겠는가.

만일 소피아 상단의 지원이 없다면 곧바로 렌탈 영지는 이대 부도가 나버릴지도 모를 지경이었다.

"하하! 그렇겠군요. 하지만 걱정하지 마십시오. 어차피 그들도 곧 밥값을 시킬 생각이니까요."

"그럼 포로들을 완전히 흡수하실 계획이십니까?"

숀의 말에 렌탈은 무엇인가를 깨달은 듯 이렇게 물었다.

"그렇습니다. 이미 군사 훈련을 충분히 받은 자들이니 우리에게는 무척 귀중한 인적 자원이라고 할 수 있지요. 그러니 당연히 써먹어야겠지요."

"그건 저도 동감이기는 합니다만, 거기에는 한 가지 걸림돌이 있는 것 같습니다. 우선 단데스 영지의 포로들은 어차피 그들의 주인도 이곳에 있으니 큰 상관이 없겠지만… 문제는 크롤 영지의 포로들입니다. 그들을 만일 우리 군에 편입시켰다가 다시 크롤 영지군과 전쟁이 벌어질 경우에는 배신할 가능성이 높지 않을까요?"

렌탈의 말은 일리가 있었다.

그들이 지금 군사 훈련에 박차를 가하며 전쟁을 준비하는 것도 알고 보면 크롤 영지 때문이라고도 할 수 있었다.

더군다나 크롤 백작이 지금 이를 갈며 지원군을 모집하고 있는 것은 이미 알려진 사실이다.

설혹 지원군이 없다고 해도 아직 오백여 명이나 되는 군사가 남아 있었기에 언제 쳐들어올지 알 수 없었다.

그런 만큼 크롤 영지의 포로들은 그것을 기다리고 있을지도 모른다.

자신들의 영지에서 쳐들어오게 되면 포로들은 그들과 호응해 검을 다시 렌탈 영지로 돌릴 가능성이 높았다.

"그건 제게 맡기세요. 가만 보니 크롤 영지군은 그들의 총사령관이었던 기사 더그한을 매우 존경하고 진심으로 따르는 것 같더군요. 만일 그를 우리 측 사람으로 끌어들인다면 그 문제도 쉽게 해결이 될 것입니다."

"하지만 그가 그렇게 쉽게 우리 측 사람이 될 수 있을까요?"

렌탈은 더그한이 숀과 검을 겨룰 때 이미 그에게 충성을 맹세했다는 사실을 모르고 있었다.

숀이 일부러 그 사실을 말하지 않았던 것이다.

시기적절할 때 그것을 알리는 것이 더그한의 입장을 편

안하게 해줄 수 있다고 생각했기 때문이다.

그러나 이제 렌탈 영지 문제를 두고 두 왕자가 서로 견제를 하게 되었으니 적절한 시기가 왔다고 볼 수 있었다.

"사실은 그가 이미 제게 충성을 맹세했습니다. 그 역시 나의 아버지를 무척 존경하고 있더군요. 다만 그때는 시기가 좋지 않아 말하지 않은 것뿐입니다."

"주군께서 그렇게 생각하셨다면 당연히 그래야지요. 아무튼 그가 정말 주군께 충성을 맹세했다면 그거야말로 경사로군요. 그처럼 용맹하고 실력 있는 기사도 그리 흔한 것은 아니거든요. 게다가 아까 말씀하신 대로 그가 주군의 편에 서게 되면 다른 병사들도 그를 따를 것입니다. 제가 듣기로 그는 평소에도 병사들을 진심으로 아껴주었던 사람이라 그들로부터 절대적인 신임을 얻고 있다고 하더군요."

어차피 자신이 주군으로 선택한 사람이다. 그런 만큼 숀이 말하지 않았다고 서운하게 생각할 이유도 없었다. 그는 그런 사람이다.

"아무튼 조만간 모든 병사들과 포로들을 모아 놓고 기사 더그한이 정식으로 우리 사람이 되었음을 선포할 계획입니다. 그리고 그 자리에서 양측 포로들을 우리 영지군으로 편입할 생각입니다."

"그렇게 되면 일단 우리 영지군의 숫자도 칠백 명이 훨씬 넘겠군요. 비록 제대로 융화가 되지 않은 오합지졸이겠지만요."

얼마 전만 해도 상상도 못할 만큼 엄청난 병력이다.

최소한 렌탈 남작의 입장에서는 그랬다. 하지만 숀이 볼 때는 아직 멀어도 한참 멀었다.

두 왕자를 철저하게 무너뜨리려면 그보다 열 배 이상의 병력은 있어야 한다고 생각하고 있었다.

"그들을 흡수하고 나면 내가 직접 나서서 훈련시킬 예정입니다. 아마 다른 사람이 훈련시키는 것과는 좀 다를 겁니다. 충분히 기대하셔도 될 만큼요. 하하!"

"벌써 기대가 됩니다. 소드 마스터이신 주군께서 훈련시키게 되면 그들도 감격할 것입니다. 아니, 어쩌면 그 순간부터 진정한 우리 군으로 거듭날지도 모르겠군요. 허허허……."

숀이 먼저 유쾌하게 웃자 그것에 전염되었는지 렌탈 남작도 기분 좋게 웃었다.

아직 넘어야 할 산은 많았지만 이처럼 서로 마음이 통했기에 이들은 그다지 염려하지 않았다.

2

원래부터 렌탈 성 안에 있는 훈련장은 넓었다.

병사가 많은 것은 아니었지만 이번처럼 전쟁이 일어났을 때 성 밖에 거주하는 영지민들을 받아들여 생활할 수 있도록 하려 넓게 만들어둔 것이다.

하지만 일단 전쟁이 끝나고 잠정적으로 휴전 상태에 있었기 때문에 영지민은 다시 자신들의 터전으로 돌아간 상황.

그로 인해 훈련장은 예전처럼 넓게 느껴졌다.

바로 그곳에 모처럼 수많은 사람들이 모여 있었다.

단지 특이한 점은 그들 가운데 대다수는 중앙에 모여 있었는데 한결같이 족쇄와 쇠사슬을 차고 있다는 점이다.

"다들 주목하라! 곧 렌탈 영주님과 숀 선생님께서 나오실 것이다!"

웅성웅성.

바로 그때, 훈련장의 앞 쪽에 마련되어 있는 단상 위로 기사대장 벨룸이 올라와 이렇게 소리를 질렀다.

그러자 족쇄를 차고 있던 자들이 서로 떠들기 시작했다.

오늘 뭔가 중대한 일이 있다는 것을 느낀 탓이다.

둥! 둥! 둥! 둥!

하지만 중요 인물들이 등장하는 북소리가 울려 퍼지자 모두는 약속이라도 한 듯 입을 다물었다.

그러자 곧 숀과 렌탈 남작 그리고 멀린 마법사가 단상으로 올라오기 시작했다.

"모두 영주님께 경례!"

"충~ 성!"

원래는 숀에게 먼저 인사를 하는 것이 옳았지만 아직 숀은 자신의 정체를 모두에게 알릴 생각이 없었다.

이미 측근들은 다 알고 있었지만 굳이 병사들에게까지 말할 필요는 없었다.

그랬다가는 아무리 단속을 해도 소문이 날 가능성이 높기 때문이다.

형식적이기는 해도 렌탈이 여전히 가장 상석에서 경례를 받았던 것이다.

"오늘 이 자리는 매우 특별한 자리라고 할 수 있다. 바로 우리 영지군과 그동안 포로로 잡혀 있던 자들이 모두 하나가 되는 자리이기 때문이다."

웅성웅성.

경례를 받았던 렌탈 남작이 이렇게 서두를 꺼내자 또다시 장내가 소란스러워졌다.

포로들에게 이런 일을 미리 귀띔하지 않았기에 어느 정도 동요가 일어날 수밖에 없었다.

하지만 곧 의외의 인물이 나서서 단 한마디로 그들의 동요를 잠재웠다.

"모두 조용히 하라!"

"……."

그가 바로 포로들 가운데 가장 거물인 기사 더그한이다.

그다지 큰 목소리도 아니었건만 간단한 그 말 한마디에 모든 포로들은 입을 다물었다.

평소 그들이 더그한을 어떻게 생각하고 있는지 보여주는 일면이다.

크롤 영지군 출신들이야 당연한 일이었겠지만 단데스 영지군 출신들마저 그의 말에 복종하는 모습은 숀이나 렌탈 남작에게도 꽤나 인상적이었다.

비록 감옥 안에 있었지만 그 짧은 시간 동안 단데스 포로들까지 복종시킨 것을 보면 그의 능력이 보통 아님을 말해주고 있었다.

"지금부터 너희의 목숨은 숀 선생님에게 일임할 것이다. 그러니 모두 그분의 명령에 복종하기 바란다."

"알겠습니다."

그런 가운데 다시 렌탈 남작이 앞으로 나서더니 이런 선언을 했다.

그러자 포로들은 마지못한 얼굴로 대충 대꾸했다.

그나마도 숀이 워낙 엄청난 능력을 보였던 사람이라 들

는 척이라도 한 것이다.

그리고 곧 렌탈 남작 대신 숀이 앞으로 나왔다.

"기사 더그한."

"네."

"앞으로 나오라."

웅성웅성.

숀은 나오자마자 다짜고짜 더그한을 부르더니 그를 불러
내었다.

그러자 또다시 포로들 사이에 동요가 일어났다.

그가 더그한에게 해코지라도 할까봐 걱정되었던 모양이
다.

"그대는 앞으로 나에게 충성을 맹세하겠는가?"

"신 더그한, 용맹하고 지혜로우신 숀 선생님께 이 목숨
바쳐 충성을 다할 것을 굳게 맹세합니다."

"……."

하지만 그런 동요도 숀의 앞에서 그에게 진심으로 충성
을 맹세하는 더그한의 모습을 보게 되자 순식간에 사라졌
다.

이번에는 너무 놀라 입을 딱 벌린 채 아무 말도 할 수가
없었던 것이다.

"그대는 이제부터 나의 충신이 된 것뿐 아니라 앞으로 창

설하게 될 전투 부대의 대장으로 임명하겠다."

"주군의 크신 은혜에 진심으로 감사드립니다!"

숀은 더그한에게 파격적인 직책을 내림과 동시에 손수 그의 손발을 채우고 있던 족쇄와 쇠사슬을 풀어주었다.

그러고는 곧 다음 명령을 내렸다.

"렌탈 영지군은 들어라! 지금 즉시 포로들의 족쇄와 쇠사슬을 모두 풀어주기 바란다!"

"명을 받들겠습니다!"

아직도 렌탈 영지군보다 포로들의 숫자가 배가 넘었다.

그런데도 숀은 그들을 모두 풀어주도록 했다.

어찌 보면 매우 위험한 명령이었지만 누구 하나 그의 결정에 이견을 말하지 않았다.

그러는 사이 포로들은 이십여 일만에 다시 자유의 몸이 될 수 있었다.

"앞으로 우리와 함께 동고동락을 같이할 사람들은 그 자리에 남고, 그게 싫은 사람들은 지금 즉시 고향으로 돌아가기 바란다."

숀의 말에 포로들 사이에 소란이 일었다.

"돌, 돌아가라니……. 저 말이 사실일까?"

"글쎄, 하지만 나는 돌아갈 수 없어. 더그한 사령관님의 명령이 떨어지지 않는 한 말이야."

손의 파격적인 명령이 떨어지자 포로였던 자들은 그야말로 당황했다.

그들뿐 아니라 렌탈 영지의 사람들도 놀라서 손을 다시 한 번 쳐다볼 정도였다.

저러다가 진짜 모든 포로가 도망가 버리면 그야말로 큰일이었기 때문이다.

하지만 그들의 우려와 달리 한참 시간이 지났지만 의외로 고향으로 가는 사람은 거의 없었다.

몇 명이 있기는 했지만 그들도 훈련장을 막 벗어나려는 시점에서 다시 되돌아오고 말았다.

여기서 그냥 가면 왠지 다른 동료들에게 배신하는 것 같은 기분이 들어서 그랬는지도 모른다.

"정말로 모두 남을 생각인가?"

"그렇습니다!"

그 모습을 보고 손이 다시 이렇게 묻자, 이번에는 단 한 명도 망설임 없이 큰 목소리로 대답했다.

"이곳에 그냥 남는다는 뜻은 앞으로 나와 죽을 만큼 훈련을 하겠다는 뜻도 된다. 그런데도 남겠는가?"

"남겠습니다!"

손의 말에는 묘하게도 사람들의 마음을 끌어당기는 힘이 있었다.

멀린은 처음에 그것이 손의 강함 때문에 빚어진 착각이라고 생각했었지만, 시간이 지나자 그것은 강함 때문이 아니라 포로들에 대한 그의 진심이 전해졌기 때문이라는 사실을 깨달을 수 있었다.

하지만 진실은 따로 있었다.

'과연 패천사황의 사술은 가끔은 써먹을 만하단 말이지. 겨우 말 몇 마디에 사술을 슬쩍 섞은 것뿐인데, 다들 꼼짝도 하지 않은 것을 보면 말이야. 그나마 일성 정도의 수준으로 시전했으니 망정이지, 그 이상이었으면 나를 사랑한다고 달려들게 만들 뻔했어. 후후……'

알고 보니 손이 포로들을 향해 자신 있게 고향으로 갈 사람은 가라고 소리 지른 것은 다 이유가 있었다.

무림에는 여러 무림인을 파멸로 이끈 사술을 쓰던 무림공적이 하나 있었다.

패천사황.

사람의 정신을 지배하거나 자신의 뜻대로 움직이도록 만드는 기이한 정신 사술을 사용하던 그는 무림의 여러 고수들을 수하로 만들거나 파멸로 이끌어 무림공적이 되었던 자다.

그는 천린으로 손이 무림에 있던 시절 활동하던 악인이었는데, 어느 순간인가 갑자기 그의 정체가 사라져 다들 의

아해한 인물이기도 했다.

하지만 사실을 알고 보면 천린에 의하여 그는 세상을 떠났고, 그의 비급은 온전히 천린의 수중으로 들어갔었다.

그리고 지금 이 자리에서 숀은 그 비급에 담긴 사공을 활용하여 포로들을 지배한 것이다.

물론 그 사술의 힘이 전부인 것은 아니었다.

이미 그 전에 더그한이 그에게 충성을 맹세한 것도 한몫했다고 할 수 있었다.

이유가 어떻든 이렇게 해서 숀은 일단 포로들이 자발적으로 렌탈 영지군에 편입시킬 수 있었다.

이제 남은 것은 그들을 정예 병사로 거듭나게 만드는 것뿐이었다.

3

숀이 병사들을 훈련시키는 방법은 무척 독특했다.

다른 대장들은 대부분 병사들을 달리게 하고 나서 검을 휘두르게 하는 순서로 훈련을 시켰지만, 숀은 무조건 모두 자리에 앉힌 다음 명상부터 시켰다.

"인간은 누구나 몸속에 마나를 품고 있다. 조금만 집중을 하고 자신의 몸 안을 들여다보게 되면 그것을 알 수 있게 되지. 나는 지금부터 여러분에게 바로 그 마나를 느낄 수 있게 해줄 생각이다. 알겠는가?"

"네!"

첫날은 명상 시간 내내 자신들의 몸 안에 흐르고 있는 마나 찾기부터 시켰다.

물론 일반 병사들인 그들이 마나가 무엇인지 알 리가 없었다.

그러나 숀의 알아듣기 쉬운 설명과 한 가지 방법을 통해 그들도 마나가 무엇인지 어렴풋이 느낄 수 있게 되었다.

"온몸에 힘을 빼고 두 눈은 편안하게 감는다. 그다음 최대한 숨을 길게 들이마신 후 다섯을 헤아릴 때까지 멈추었다가 아주 천천히 내뱉어라. 내가 그만하라고 하기 전까지는 이 일을 반복해야 한다. 그럼 시작하라."

놀랍게도 숀은 그 과정에서 호흡법의 기초를 가르쳤다.

뭐든 그렇듯 처음은 힘들다.

그러나 그 힘든 시간을 참고 이겨내다 보면 점점 쉬워지는 법이다.

병사들도 마찬가지였다.

사실 처음 호흡법을 시킬 때는 다들 속으로 웃었었다. 뛰고 달리는 것보다 훨씬 쉽다고 생각했기 때문이다.

하지만 불과 오 분도 채 지나지 않아서부터는 이게 얼마나 힘든 일인지 알게 되었다.

만일 몰래 숨을 대충 쉬게 되면 손이 마치 귀신처럼 그 사람의 앞에 나타나 그대로 발로 걷어찼다.

그게 어쩌나 아프고 무섭던지 그 누구도 대충 할 수가 없었다.

"오늘의 흘린 땀이 내일 너희의 목숨을 구해줄 수 있음을 명심해라. 지금 나는 너희에게 바로 구명 수법을 알려주는 것이다. 그런 만큼 죽을 각오로 악착같이 숨을 쉬고 또 쉬어라. 그러면서도 머리는 끊임없이 생각해야 한다. 과연 내가 쉬고 있는 이 숨이 내 몸에 무엇을 전해주고 있는지를……."

차라리 훈련장 몇 바퀴를 뛰라고 하면 간단하다. 죽든 살든 뛰면 그만이니까.

하지만 설마 숨 쉬는 일이 이렇게까지 힘들고 고통스러울 줄은 몰랐다.

십 분째에 접어들자 온몸이 떨리면서 땀이 비 오듯 쏟아지기 시작했다.

그러다 보니 이제 가부좌를 하고 앉아 있는 것조차 너무 힘들었다.

하지만…….

"후흡… 하아… 후흡… 하아……."

덜덜… 덜덜덜…….

어느 순간, 몇 명의 병사들 몸에서 신기한 일이 벌어졌다.

자신들은 여전히 숨만 쉬고 있었는데 갑자기 몸이 저절로 떨리기 시작한 것이다.

그런데도 본인은 그것을 의식하지 못했다.

이런 현상은 시간이 흐를수록 여러 사람에게 이어져 갔다.

그러자 손은 모든 병사들 사이를 빠르게 다니면서 그런 현상이 두드러지는 병사들의 얼굴을 기억했다.

그렇게 약 한 시간 정도가 흘러가자 몸의 떨림은 멈추었으고, 그렇게 힘들게 느껴지던 호흡이 편안해지기 시작했다.

그리고 곧 온몸에 감돌고 있는 무엇인가를 느끼게 되었다.

그것은 곧 알 수 없는 희열로 연결되었으며 마치 새로운 세상을 경험하는 것 같은 환희를 전해주었다.

그래서인지 거기까지 갈 수 있었던 병사들 얼굴에는 너무도 편안해 보이는 미소가 떠올랐다.

"모두 그만! 이제 눈을 떠도 좋다!"

"아…….."

이미 어떤 병사가 마나를 빨리 느끼는지, 또 어떤 병사가 아직까지 그것을 전혀 느끼지 못하는지를 모두 파악한 숀이 마침내 명상을 끝내게 하였다.

그러고는 다시 입을 열었다.

"지금부터 호명하는 자들은 우측으로, 나머지는 그 자리에 그냥 앉아 있도록 해라. 우선 병사 하일리!"

"네!"

"돌프!"

"넵!"

숀이 이름을 부르자 호명된 병사들은 얼른 자리에서 일어나 우측으로 이동했다.

워낙 많은 인원인지라 분류 작업에 시간이 꽤 걸렸지만, 그럼에도 숀은 변함없는 목소리로 병사들을 불러냈다.

그리고 그 작업이 끝나자 우측으로 나와 있는 병사들 앞으로 가서 섰다.

"너희는 이제 다음 단계 훈련도 나와 함께할 것이다. 그것은 정말 힘들고 어려운 길이 될 것이다. 때문에 마지막 기회를 주겠다. 지금 남아 있는 자들과 함께할 사람은 다시 제자리로 돌아가도 좋다. 하지만 목숨을 걸고 나와 끝까지 갈 사람은 남아라."

"……."

슬금슬금…….

호명된 인원은 모두 삼백팔십여 명이었다.

원래의 렌탈 영지군과 포로였던 자들까지 모두 합해진 숫자의 절반가량이다.

그들 가운데는 렌탈 영지군도 있었고, 포로였던 자들도 있었다.

이것으로 보아 그들을 뽑은 기준은 일단 공평하다는 것을 알 수 있었다.

하지만 손이 워낙 무서운 얼굴로 말을 해서 그런지 그 가운데 약 오십여 명은 조심스럽게 원래의 자리로 돌아갔다.

"나와 끝까지 훈련을 하다 보면 죽을 수도 있다. 물론 모든 과정을 끝내게 되면 그만한 대가는 있을 것이다. 다시 한 번 말하겠다. 원치 않는 사람은 자리로 돌아가라!"

"……."

또다시 삼십여 명이 사라졌다.

"더 없는가?"

"없습니다!"

"그럼 남아 있는 병사들은 모두 번호!"

손은 이미 남은 병사들의 숫자를 알고 있었지만 현재 훈련을 지켜보고 있는 성의 간부들을 위해 이처럼 인원 파악을 하도록 시켰다.

"하나!"

"둘!"

…….

"이백 구십 칠!"

"이백 구십 팔! 번호~ 끝!"

그리고 이백구십팔 번째 병사의 외침을 끝으로 장내는 조용해졌다.

"기사 대장 벨룸! 앞으로!"

"네! 총사령관님!"

척척!

어느새 손의 호칭이 달라져 있었다.

그가 병사들을 훈련시키기로 결심하자 간부들이 모여서 하다못해 총사령관 직책이라도 쓰는 것이 어떻겠느냐는 건의를 받아들였기 때문이다.

병사들을 훈련시키려면 그들을 절대적으로 통제할 수 있는 직속 지휘관의 권한이 필요하다.

그리고 그것의 범위는 일반 병사들뿐 아니라 기사들까지 포함되어야 했다.

그렇기에 최소한 모든 영지군의 총사령관 직함 정도는 필요했던 것이다.

"지금부터 좌측에 남아 있는 병사들은 그대가 책임지고

훈련시키기 바란다."

"알겠습니다!"

"오늘부터 정확히 보름 뒤, 우측에 있는 병사들과 좌측에 있는 병사들의 모의 전투가 있을 예정이니 그때까지 최선을 다하도록!"

"네! 모든 힘을 다해 최고의 정예 병사들로 훈련시키겠습니다!"

숀의 말에 벨룸은 군기가 바짝 든 목소리로 이렇게 대답했다.

일단 숫자상으로는 모의 전투가 벌어질 경우 벨룸군이 훨씬 유리했다.

우측의 병사들은 이백구십팔 명이었고, 좌측의 병사들은 사백사십육 명이었으니 말이다.

하지만 그런데도 우측의 병사들은 이상하게 좌측 병사들이 그다지 두렵지 않았다.

아니, 진짜 전투를 하게 되면 왠지 이길 수 있을 것만 같았다.

그저 숀에게 선택되었다는 것 하나만으로도 그들은 자신감이 충만했던 것이다.

"그럼 앞으로 좌측의 병사들을 제1전투 부대, 그리고 우측의 병사들을 제2전투 부대라고 부르겠다. 물론 그건 임시

호칭을 뿐이다. 보름 뒤 모의 전투에서 승리하는 부대에게
는 특별히 '무적 군단'이라는 호칭을 정식으로 하사할 것
이다. 그러니 모두 최선을 다해 훈련에 임하라!"

"알. 겠. 습. 니. 다!"

아직 렌탈 영지 밖에서는 이 안의 병사들이 이렇게까지
사기가 치솟고 있다는 것을 모르고 있었다.

그리고 그 비밀은 앞으로도 지속되어야 했다.

최소한 이들이 모두 최고의 정예병으로 거듭나기 전까지
는 말이다.

Chapter 11

연막 그리고 계속되는 훈련

건들면 죽는다

1

숀이 밤그림자의 주인이 되고 나서 가장 놀란 일은 바로 그들이 보유하고 있는 상인들의 숫자였다.

놀랍게도 밤그림자라는 조직이 거느리고 있던 상인들은 모두 이만여 명이나 되었던 것이다.

물론 모두 각지에 퍼져 있는 사람들이라 평소에는 별 힘이 되지 않을 수도 있다.

그러나 막상 총단에서 명령이 떨어지면 순식간에 엄청난 자금 동원은 물론, 정보원으로 돌변할 수 있었기에 그들의 힘은 그야말로 상상을 초월한다고 할 수 있을 정도였다.

"허어, 이거야말로 중원에서도 한때 엄청난 세력과 정보력을 자랑하던 하오문과 다를 게 없군. 그들은 당시 나와 떼려야 뗄 수 없는 인연이 있었는데 설마 비슷한 일이 이 생에서도 일어날 줄이야……."

처음 그 사실을 알게 되었을 때 숀은 이런 생각을 할 정도였다.

물론 하오문은 상인이라기보다는 기생들과 도둑 혹은 장돌뱅이들과 같은 소위 사회의 소외계층들로 이루어진 집단이긴 했다.

하지만 그들의 결집력은 그 어떤 집단보다 강력했으며 자신들의 문파에 대한 자부심도 대단했었기에 이처럼 밤그림자와 충분히 비견할 만했다.

"요즘 렌탈 성 안의 분위기가 어떠냐고요? 에휴, 말도 마십시오. 제가 그렇지 않아도 렌탈 성 안에 거래하던 상점이 몇 개 있었거든요. 그래도 전쟁이 일어나기 전에는 그곳에서 곡식이나 생활용품 등을 제법 찾았었는데 요즘은 거의 뜸해요."

"왜 그렇게 뜸해진 게요? 내가 알고 있기로 지금 렌탈 성 안에는 포로들도 엄청나게 많다던데……. 그러면 오히려 식량이나 생필품 등의 소모가 더 커지는 게 맞는 것 아니오?"

최근 들어 렌탈 성 안으로의 출입이 상당히 까다로워졌다.

신분을 검사하는 절차도 매우 엄격해 별로 들어가 볼 일이 없는 사람은 성문조차 통과하지 못했다.

뿐만 아니라 신분 파악이 되지 않는 사람은 그 자리에서 추방을 당하거나 아니면 포박을 당해 곧장 감옥으로 끌려갈 정도였다.

그러다 보니 성안의 동정이 궁금한 사람들은 어쩔 수 없이 렌탈 성 안의 상점들과 거래하는 상인을 찾아가든지 아니면 완벽한 신분을 만들든지 해야 했다.

전자는 그래도 쉽지만 후자는 어렵기에 요즘 렌탈 성 주변의 상인들은 때 아닌 호황을 누리고 있었다.

물품이 잘 팔려서가 아니라 간단한 정보 제공만 해주고도 받는 팁이 엄청났기 때문이다.

방금도 곡식과 생필품을 주로 취급하는 상인 벤도프에게 낯선 외지인이 찾아와 이런 일들을 물어보고 있었다.

질문을 하기 전에 돈부터 건네주는 것은 당연한 수순이다.

"에휴~ 이 양반이 뭘 모르시네. 그것도 성안의 경기가 좋을 때나 통하는 이야기지요. 생각해 보시오. 영지전이 한 번 일어나게 되면 패배하는 영지는 당연히 엄청난 경제적인 손해를 보게 되지만, 승리하는 영지 역시 비슷한 처지가 될 수밖에 없잖소? 단지 정상적인 영지전인 경우에는 싸움을 걸었던 영지에게 손해 배상이라도 받아 다시 경기를 회복시킬 수 있겠지요. 하지만 지금 렌탈 영지는 손해 배상을 받기는커녕 또다시 크롤 영지군이 언제 쳐들어올지 몰라 전전긍긍하고 있는 실정이오. 그러니 상황이 얼마나 어렵겠소? 먹고살기조차 힘든데 어떻게 곡식을 사들이고 생필품을 살 수 있겠느냐 이 말이오. 성안의 사람들이 살기 위해서는 이제 포로들을 모조리 죽여야 할지도 모른다는 흉흉한 소문이 다 나돌 정도라오."

"허어, 그 정도라니……. 그것 참 큰일이겠군. 제가 지금 성안에 친척이 있어서 그런데 혹시 성안으로 들어갈 수 있는 방법은 없겠소?"

벤도프의 설명을 듣던 사내는 오십대 초반 정도 되는 중년인이었다.

그런데 그자의 인상은 제법 날카로우면서도 어딘가 중후한 면도 엿보였다.

장사만 벌써 삼십 년 이상을 해온 벤도프는 단숨에 이 사내가 보통 사람임을 알 수 있었지만, 조금도 그런 티를 내지는 않은 채 계속해서 이야기를 주고받았다.

"그건 쉽지 않은 제안 같구려."

"돈은 원하는 만큼 드리겠소. 워낙 보고 싶은 친척이라 그러는 것이니 당신에게 조금이라도 해가 갈 일은 없을 거요. 약속하겠소."

상인에게 돈보다 큰 유혹은 없을 터였다. 그래서인지 벤도프도 슬쩍 관심을 보였다.

"우리 상점의 종업원으로 변장해서 들어가면 가능할지도 모르겠소만 아까 말했듯이 성문의 경비가 워낙 강화되어 어쩔지는……."

"10골드! 드리겠소."

벤도프가 능청스럽게 여운을 남기면서 이렇게 말을 하자 사내는 대뜸 10골드(약 오백만원 정도)를 외쳤다.

그야말로 화끈하게 거금을 제시한 것이다.

그러자 벤도프는 얼른 사방을 살펴보기 시작했다. 혹시 엿듣는 사람이라도 있는지 확인하는 모습이다.

"크허험! 그럼 오늘 저녁 여섯시에 다시 와보시오. 단, 몸에는 아무것도 지니고 와서는 안 되오. 괜히 단검 같은 거라도 가지고 있다가 걸리면 당신뿐 아니라 나까지 험한 꼴을 당할 수 있으니……."

"명심하겠소. 그럼 이따 다시 봅시다."

그렇게 두 사람의 거래는 이루어졌다.

사내는 아무리 봐도 다른 영지의 스파이 같았는데 벤도

프는 정말로 그를 성안으로 들여보내 줄 모양이다.

저녁이 되자 다시 사내가 나타났다.

그리고 벤도프는 사내에게 종업원의 옷을 입히고는 그와 함께 자신의 짐마차에 올라탔다.

그 덕분에 두 사람은 성안으로 들어갈 수 있었고 곧 약속 했던 보수를 받은 뒤 적당한 곳에서 헤어졌다.

이대로라면 사내는 성안의 동태를 전부 파악하고 돌아갈 수 있을 것 같았다.

하지만 그와 헤어진 벤도프는 기묘한 미소를 짓더니 곧 장 어디론가 향했다.

그가 간 곳은 바로 '렌탈 성 공식 지정 상점' 이라는 간판 이 걸려 있는 곳이었다.

그는 그곳에 들어서자마자 황당하게도 곧장 밤그림자의 총수가 머물고 있는 방으로 직행했다.

"어서 오세요, 벤도프 조장님. 오늘도 한 건 하셨다고 요?"

"고생이 많으십니다. 총수님. 지금 방금 또 한 명의 끄나 풀을 선전조에게 인계하고 오는 길입니다. 그는 아마 스스 로 성안을 돌아다니며 관찰한다고 생각하겠지만 결국 우리 가 유도하는 곳만 실컷 구경하다가 가겠지요."

가만 보니 밤그림자 조직 안에서 조장 직함을 가지고 있는 벤도프가 사내를 성안으로 데리고 온 것에는 또 다른 이유가 숨어 있었던 것 같았다.

"잘하셨어요. 이로서 우리의 연막작전은 점점 완벽해지는 것 같군요. 그자도 결국 성안의 처절한 모습만 보고 가게 될 테니까요."

"물론입니다. 솔직히 저도 선전조에서 일을 해본 적이 있습니다만 그들은 정말 일처리가 완벽합니다. 하긴 얼핏 보면 다들 성안에서 살고 있는 사람들이니 누구라도 속아 넘어가지 않을 수 없겠지만요."

결국 사내는 밤그림자에서 운영하고 있는 특수 목적의 집단에 이끌려 엉뚱한 곳을 보고 가게 될 것 같았다.

그리고 그 모습이야말로 렌탈 성의 현재 모습이라고 상관에게 보고할 것이 틀림없었다.

실로 무서운 연막전술이자 완벽한 정보 차단이 아닐 수 없었다.

"참, 그런데 그자의 신원은 확인되었나요?"

"그건 아주 쉽게 알아낼 수 있었습니다. 비록 변장을 조금 하긴 했지만 그자는 바스티안 왕자의 심부름꾼인 기사 펌프킨이었거든요."

"어머! 펌프킨이라는 자는 저도 예전에 만난 적이 있어요. 그때 꽤나 거들먹거리며 바스티안 왕자의 명령을 전하곤 했었죠. 아주 잘되었네요. 그자의 말이라면 바스티안 왕자도 틀림없이 속을 테니까요. 호호호……."

어제는 크리스티안측의 스파이를 뺑뺑이 돌리다가 보냈는데 오늘은 바스티안 왕자 측 인물이다.

누가 되었든 일단 렌탈 성 안으로 들어왔다 나가게 되면 이곳을 절대 위험한 곳으로 이야기하지 않을 터였다.

그리고 그것은 숀과 영지군들에게 좀 더 많은 시간을 제공하는 결과를 가져올 것이다.

최소한 정예 병사를 양성할 수 있는 시간 정도는 말이다.

물론 그만큼 지휘관이 유능해야 가능한 일이겠지만.

2

밤그림자 요원들이 정보를 차단하고 거짓 정보를 흘리고 있는 동안에도 숀의 훈련은 계속되고 있었다.

그가 선발한 인원들은 모두 마나를 쉽게 느끼는 체질을 가지고 있는 사람들이다.

이 대륙에서는 마나라고밖에 표현할 수 없어 그렇게 말한 것이다.

사실 그가 시험했던 것은 정확히 말해서 기감이라고 할

수 있었다.

기를 쉽게 느끼는 사람이야말로 내공을 습득할 수 있는 가능성이 높은 사람들이고, 숀은 그런 내공을 더욱 속성으로 키울 수 있는 신기한 방법을 알고 있었다.

"호흡은 별것 아닌 것 같지만 검이나 창을 쓰는 여러분들에게는 매우 중요한 일이다. 숨을 제대로 쉴 줄 알아야 그것의 흐름에 따라 병장기를 움직일 수 있기 때문이지. 물론 아직 지금 내가 하는 말을 이해할 수는 없을 것이다. 하지만 무조건 믿고 최선을 다해 열심히 숨쉬기를 반복하기 바란다."

"알겠습니다!"

지금 숀과 함께 훈련에 임하고 있는 자들은 바로 제2전투 부대다. 숀은 제1전투 부대원들에게 훈련장을 내어주고 제2전투 부대원들을 모두 렌탈 성 인근에 있는 산으로 끌고 와 벌써 이틀째 야영하며 훈련을 시키고 있었다.

이들은 훈련장에서 뛰고 달리는 훈련보다는 조용하고 공기 좋은 산 속에서 명상에 잠기는 시간이 더 많았기에 오히려 이곳이 적합하다고 할 수 있었다.

그러나 다른 부대원들과 성의 간부들은 이런 숀의 훈련 방식을 도무지 이해할 수가 없었다.

"산을 죽어라고 뛰는 것도 아니고, 눈 뜨자마자 하루 종일 숲속에 틀어박혀 앉아서 명상과 호흡만 하고 있는데 이 것도 훈련이라고 할 수 있을까?"

"그러게. 명상을 자주 하니 어쩐지 기분이 많이 상쾌해지고 머리도 맑아지는 것 같기는 하지만 앞날이 걱정스럽기는 해. 이러다가 전쟁이 다시 일어나면 과연 싸울 수나 있을까 몰라. 나는 벌써 한 달 이상 검을 만져보기는커녕 몸도 한 번 제대로 푼 적도 없는데 말이야."

제2전투 부대원들은 훈련을 시작한 지 겨우 이틀밖에 되지 않았건만, 벌써 이런 걱정을 하고 있었다.

그만큼 숀의 훈련 방식이 이해가 되지 않았던 모양이다.

"그건 나도 마찬가지라고. 그리고 훈련이 얼마나 쉬우면 우리 아가씨까지 이곳으로 따라왔겠어? 안 그래?"

"쉿! 자네들 지금 총사령관님께 죽고 싶어서 감히 그런 소리를 떠드는 겐가?"

훈련병 중 한 명이 갑자기 이런 말을 하며 자신들이 있는 곳에서 한참 떨어진 곳을 바라보았다.

거기에는 어찌 된 일인지 놀랍게도 파비앙이 눈을 감은 채 앉아 있었다.

보아하니 그녀도 호흡을 하고 있는 모양이다. 옆에 있던 동료 또한 그런 그에게 얼른 주의를 주었다.

그러나 알고 보면 그의 이런 주의는 이미 한참 늦었다고 할 수 있었다. 귀신보다 귀가 밝은 숀이 이미 다 들었기 때문이다.

'녀석들… 헷갈린 게 당연할 거야. 이건 모두 과거 중원의 병사들을 훈련시킬 때 쓰던 방식이니까. 하지만 조금 지나면 내 뜻을 알게 되겠지. 그나저나 저 고집불통 아가씨는 과연 큰소리친 만큼 잘하고 있나 어디 슬슬 가볼까?'

숀은 이런 생각을 하며 파비앙이 열심히 호흡하고 있는 곳으로 다가갔다.

그러면서 이곳으로 떠나오기 전 자신을 찾아왔던 그녀의 모습을 떠올렸다.

그날 숀은 제2전투 부대원들에게 장기간 야외 훈련 일정을 알려주고 그에 맞는 준비를 시키고 난 후 자신의 거처로 돌아가고 있었다.

그런데 그때 갑자기 파비앙이 그의 앞을 가로막고 섰던 것이다.

"안녕하세요, 숀 선생님."

"이런, 파비앙 아가씨 아니시오? 이 야심한 시각에 여기까지는 어쩐 일이시오?"

사실 두 사람은 전쟁에서 승리한 이후 파비앙의 갑작스러운 뽀뽀 공세가 있은 후 지금까지 단 한 번도 만나보지 못했었다.

숀은 이미 그녀가 너무 보고 싶어서 여러 차례 꼴라 핑계를 대서라도 가볼까 했었다.

이미 꼴라는 다시 그의 품으로 돌아오긴 했지만 그녀가 보고 싶어 할 것이 뻔했기에 충분히 핑계거리가 될 거라고 생각했던 것이다.

그러나 그녀가 아직도 그 일로 부끄러워하고 있을지 모른다는 생각이 들어 억지로 참고 있던 참이었다.

그럴 때 갑자기 나타났으니 얼마나 반가웠겠는가.

"저도 가겠어요."

"가다니요? 어딜……."

"이번 훈련에 따라가겠다고요."

어쩐지 복장이 기사 복장이다 싶었다.

단데스 영지군과의 전투를 떠날 때 입었던 은빛 갑옷을 입고 나타나 다짜고짜 훈련에 따라가겠다고 하니 숀으로서도 입이 딱 벌어질 수밖에 없는 상황이다.

"갑자기 훈련에 참여하시려는 이유가 뭐요? 이번 훈련은 그리 쉬운 과정이 아니오. 자칫하면 크게 다치거나 심할 경우 죽을 수도 있소."

"저도 그럴 것이라고 예상은 하고 있어요. 하지만 영지가 위험에 처해 있는데 저만 놀고 있기는 싫어요. 그러니 데려가 주세요. 벨룸 경은 부담스러워도 선생님은 믿을 수 있거든요."

시간이 흐를수록 파비앙의 미모는 점점 더 눈부시게 피어나고 있었다.

게다가 요즘은 숀을 좋아하게 되서 그런지 더욱 그랬다.

그러다 보니 성안에 있는 사내들 치고 그녀를 보고 침을 흘리지 않는 자가 없을 정도였다.

그 가운데 기사 대장 벨룸도 어느덧 그녀를 사모하게 되었다.

비록 그녀가 자신과 나이 차이도 많은 데다가 영주의 딸이었기 때문에 노골적으로 구애하지 못하는 것뿐이었다.

그러나 예민한 파비앙은 이미 벨룸의 눈빛이 심상치 않다는 것을 느꼈고, 그렇기에 그의 곁에 있는 것을 피하게 된 상태다.

물론 아직 숀은 거기까지 알지는 못했지만 지금 파비앙의 말이 듣기 싫지는 않았다. 왠지 자신만 특별한 사람이라는 뜻 같아서다.

"정히 그렇다면 렌탈 남작께 허락부터 받아오시오. 그분의 허락이 떨어진다면 데려가겠소."

"그럴 줄 알고 벌써 받아왔어요. 여기……."

"그, 그런……."

숀은 얼떨결에 그녀가 내밀어준 서류를 받아 들었다.

거기에는 분명 렌탈 남작의 친필로 파비앙을 제2전투 부대에 합류시켜 달라는 내용이 쓰여 있었다.

손은 그것을 보고 남작 역시 그녀의 고집에 두 손 든 것이라고 추측했다.

하긴 그 어떤 사람도 파비앙처럼 예쁘고 귀여운 소녀가 부탁하는데 거절하기는 힘들 터였다. 그게 설혹 아버지라 해도 말이다.

"어허! 이곳은 훈련을 하는 곳이다. 그러니 함부로 나대지 마라."

ㅡ갸릉~ 갸르릉~!

그가 여기까지 생각하고 있을 때 그의 품속에 얌전히 있던 꼴라가 갑자기 목을 내밀더니 발버둥을 쳤다.

파비앙과 가까워질수록 그녀 특유의 향이 녀석을 환장하게 만든 것이다.

그러나 그런 소동이 일어나고 있는데도 파비앙은 전혀 그들의 출현을 모르는 채 여전히 눈을 감고 깊은 호흡을 하고 있었다.

그리고 그 모습을 본 손은 눈을 휘둥그레 뜨곤 파비앙에 가다서며 놀란 마음을 감추지 못했다.

'이, 이럴 수가…… 아직 내공을 익힐 수 있는 구결을 가르쳐준 것도 아닌데 미세하기는 하지만 기가 움직이고 있

다. 설마 그녀가 선천적으로 내공을 익힐 수 있다는 특수한 맥을 가지고 있었단 말인가? 허어……'

슌은 그런 파비앙에게 말을 걸려다가 우선 그녀의 상태부터 짚어보았다.

그러고는 곧 깜짝 놀랄 수밖에 없었다.

파비앙은 지금 호흡만 하고 있는 것이 아니라 어느새 기의 덩어리를 만들어 그것을 움직이고 있었던 것이다.

이런 경우는 슌의 입장에서도 그리 자주 볼 수 있는 일이 아니었다.

이런 기의 덩어리를 움직일 수 있는 것이야말로 내공의 일종이었기 때문이다.

그것을 깨닫는 순간, 슌은 얼른 파비앙의 등에 자신의 손바닥을 갖다 대었다.

Chapter 12

299번째 대원

건들면 죽는다

1

렌탈 남작은 시간이 흐를수록 숀에게 더욱 감탄하고 있었다.

그의 전략 전술이 뛰어남은 전쟁을 통해 익히 알 수 있었지만 설마 정보전까지 이렇게 완벽함을 보일 줄은 짐작조차 하지 못했었다.

"휴우, 대체 저분은 루카스 왕자님께 어떤 교육을 받아오신 것일까? 대체 어떻게 가르치면 저런 괴물 같은 양반으로 성장할 수 있는 거지?"

"그야 당연히 특별한 교육을 받았겠지요. 그분이 다른 왕자님들에게 당한 상황이니 무슨 수를 써서라도 아들만큼은 보호하고 싶었을 테죠. 그리고 그것이 온전히 그분을 강한 남자로 성장하게 만드는 원동력이 되었을 거예요."

하루 일과가 끝나고 나자 렌탈 남작과 그의 부인은 모처럼 둘 만의 시간을 보내고 있었다.

이번 전쟁으로 인해 남작 부인은 영주의 부인으로써 손색이 없다고 크게 칭송받을 수 있었다.

남편은 물론 영지군들조차 얼마 없는 절망적인 상황에서 그녀가 보여준 용기는 영지민에게 큰 희망을 불어넣어 주었을 뿐 아니라 영지군들의 사기를 높이는 데도 일조했다.

그 이야기를 전해 들은 렌탈 남작도 그런 부인을 몹시 자랑스러워했다.

어쨌든 그런 가운데 두 사람은 지금 손에 관한 대화를 나누고 있었다.

"그런데 당신, 지금 파비앙이 걱정되지 않소? 내 듣자하니 주군의 훈련 과정이 보통 아니라고 하던데?"

"그 아이는 우리 딸이에요. 그런 이상 훈련이 아무리 힘들다 해도 분명히 이겨낼 거라고 믿어요."

평상시 파비앙은 무척이나 조용하고 내성적인 성격을 보여주었다.

그러나 막상 어떤 문제에 부딪히면 그녀는 연약했던 모

습을 벗어던지고 적극적인 행동파 스타일로 돌변한다.

그런 성향은 그녀가 성장할수록 두드러지고 있었는데 가만 보니 그런 그녀의 성격 뒤에는 외유내강한 남작 부인이 있었다.

이번 전쟁 때만 해도 파비앙은 기사의 복장을 입고 직접 나섰었는데, 그것 역시 부인의 응원이 있었기에 가능했던 일이었다.

나중에 그것을 알게 된 렌탈 남작은 부인에게 뭐라고 한마디 하고 싶었지만 결국 입을 다물 수밖에 없었다.

그 역시 부인에게는 약했기 때문이다.

"휴우……. 누가 모녀지간 아니라고 할까 봐 그런지 두 사람은 정말 많이 닮은 것 같소."

"왜요? 그래서 불만이에요?"

"그, 그럴 리가 있겠소? 단지 눈에 넣어도 아플 것 같지 않은 우리 딸이 늑대들만 우글거리는 곳에 혼자 가 있으니 걱정이 되서 그렇소."

세상의 모든 아빠들은 누구라도 지금의 렌탈 남작 입장이라면 마음이 편치 않을 것이다.

아무리 전쟁 때문에 걱정이 되는 상황이라 해도 딸에게까지 이런 짐을 짊어지게 하고 싶지는 않았다.

만일 남작 부인이 적극적으로 파비앙의 편을 들어주지

않았다면 절대로 그녀를 보내지 않았을 것이다.

"혼자는 뭐가 혼자예요? 세상에서 가장 듬직한 숀 선생님이 계신데요, 뭐. 당신, 우리 파비앙이 그분을 좋아하고 있는 것은 알고 있어요?"

"내가 아무리 둔해도 그 정도도 모를 것 같소? 사실 최근 그 문제 때문에 걱정이 이만저만이 아니었소. 그 사실을 처음 알았을 때만 해도 주군의 신분이 우리 아이와 어울릴 수 없다고 생각했었으니 얼마나 속이 탔겠소."

만일 렌탈 남작이 다른 귀족들처럼 앞뒤가 막힌 사람이었다면 그 사실을 알게 되자마자 숀과 파비앙을 철저하게 떼어 놓았을 것이다.

그러나 그는 아내의 영향도 있었고 또한 그 자신도 무조건 신분에 맞춰 남을 평가하는 사람이 아니었기에 그나마 어느 정도 참을 수 있었다.

"호호호, 당신 기분이 어땠는지 충분히 알 것 같아요. 하긴 누구보다 파비앙을 아끼고 있는 당신이니 오죽했겠어요? 하지만 저는 처음부터 우리 딸을 믿고 있었어요. 그 녀석이 나이는 어리지만, 사람 보는 안목만큼은 대단하거든요. 그렇지 않았다면 어떻게 숀 선생님과 같은 분의 관심을 받을 수 있었겠어요?"

"정말 주군께서 그 아이에게 관심이 있는 것 같소?"

부인의 말에 이번에는 렌탈 남작의 귀가 솔깃해졌다.

비록 세상에 죽었다고 알려진 루카스 왕자의 아들이었지만 알고 보면 숀이야말로 정통 왕가의 핏줄 아니던가.

만에 하나 그가 자신의 신분을 회복하게 되면 최소한 왕자였다. 운이 좋으면 왕이 될 수도 있었고.

그러니 남작에 불과한 그의 입장에서 볼때 숀과 파비앙이 잘되게 되면 가문의 영광이라고 할 수 있었다. 그러니 솔깃해 질 수밖에.

"어머, 당신은 아직도 그것을 모르고 계세요? 처음 그분이 저를 고쳐주기 위하여 성에 왔을 때부터 저는 그분의 시선이 늘 파비앙에게 머물러 있다는 것을 눈치챘어요. 그리고 이후 우리 아이와 함께 있을 때면 그런 모습은 더 자주 발견할 수 있었죠. 그건 곧 그분이 우리 아이에게 관심이 많다는 뜻 아니겠어요?"

"듣고 보니 나도 생각나는 것이 있기는 하구려. 지난번 단데스 영지군을 기습하기 위해 출동할 때 기억나오?"

부인의 이야기를 유심히 듣던 렌탈이 갑자기 뭔가 떠오른 듯 이렇게 말문을 열었다.

"뭐가요?"

"사실 그 전날부터 나는 이미 주군께 함께 가기를 부탁했었소. 하지만 그 분은 시큰둥할 뿐이었지. 그런데 다음 날 파비앙이 따라가겠다는 소리를 듣자마자 나타나서는 흥분을 하시며 자신이 동행하겠다고 자청하더군. 그때까지만 해도 나는 그분을 치료사로 동행할 생각이었었소. 워낙 자신을 감추고 있었기 때문이오. 하지만 파비앙으로 인해 그분의 무위가 처음으로 드러나게 되었지. 그것도 같은 맥락 아니겠소?"

자식의 문제라서 그런지 남녀 간의 일에 심할 정도로 무관심했던 렌탈도 이때만큼은 뭔가 이상함을 느꼈던 모양이다.

"당연하죠. 당신 같으면 마음에도 없는 여인이 고집을 부린다고 무턱대고 그 여인의 편을 들어줄 수 있겠어요?"

"말도 안 되지."

"거봐요. 아마 숀 선생님도 파비앙에게 관심이 없었다면 그 날 따라가지도 않았을 거예요."

"그럼 우리 영지는 망했을걸? 그때 주군께서 계시지 않았다면 이길 수도 없었을 뿐 아니라 우리는 아마 그곳에서 몰살당했을지도 모른다오."

여기까지 이야기하던 렌탈은 퍼뜩 한 가지 사실을 깨닫게 되었다.

오늘날 렌탈 영지가 무사할 수 있게 된 이면에는 파비앙의 공로가 절대적이었음을.

어쩌면 슌도 이런 사실만큼은 모르고 있을 터였다.

"그러니 앞으로도 그 아이의 문제는 그냥 맡겨놓으세요. 제가 여자라서 하는 말이지만, 사실 우리 여자들은 나이가 어리든 많든 본능적으로 어떻게 해야 남자에게 사랑받을 수 있는지 아는 법이거든요. 어쩌면 그 아이가 그 험난한 훈련장까지 따라간 것도 그런 속셈이 있어서인지도 모른다고요."

"허허, 우리 딸이기는 하지만 오늘따라 파비앙이 왠지 무섭게 느껴지는구려."

부인의 말에 렌탈 남작은 오싹한 기분을 느꼈는지 이런 말을 던졌다.

같은 시각, 훈련장에 있던 슌도 비슷한 감정을 느끼고 있었다.

한참 훈련을 받던 파비앙이 갑자기 그에게 소리를 질렀기 때문이다.

"어째서 저만 혼자 따로 훈련시키는 거냐고요! 저도 병사들과 함께 받을 수 있도록 해주세요!"

사실 슌은 그녀의 자질이 워낙 월등해서 다른 병사들과는 별도로 특별한 내공 심법 구결을 주문이라고 속여 그것을 연마하게 하였었다.

문제는 그러다보니 숀이 대부분의 시간을 병사들과 더 오래 보낼 수밖에 없다는 점에 있었다.

그런 그의 입장을 모르는 파비앙은 그가 자신에게 관심을 두지 않는 것 같아 보이자 항의할 수밖에 없었고 그것이 숀의 머리를 지끈거리게 하고 있었다.

그런 그녀의 공식적인 명칭은 제2전투 부대 299번째 대원이었다.

2

훈련이 이십 일째 접어들자 제2전투 부대의 분위기가 완전히 달라졌다.

처음만 해도 불평불만이 많던 그들이 이제는 눈빛부터 그때와는 틀렸다.

그건 그만큼 그동안 그들이 피와 땀을 흘리며 열심히 훈련해 왔다는 것을 뜻했다.

"자, 어서 병사들에게 이것들을 모두 돌려라."

"알겠습니다, 사령관님!"

숀의 명령이 떨어지자마자 마법사 멀린이 자신의 눈앞에 쌓여 있던 포션 병들을 모두 허공으로 띄어 올렸다.

무려 삼백 개 가까이 되는 양이었지만 그것들은 마치 각자 살아 있는 생명이라도 되는 양 질서 정연하게 공중에 떠 있었다.

"와~ 역시 멀린 마법사님이시다. 저런 광경은 처음 보는 것 같아."

"그런데 오늘도 포션을 마셔야 하는 건가? 벌써 삼 일째 몸에 아무 이상도 없는데 마셨잖아?"

"어허! 총사령관님께서 하사하는 것인데 뭔 말이 그렇게 많아? 그냥 마시면 되지. 자네들 포션이 얼마나 비싼 것인지 아직도 모르는 겐가?"

그 모습을 보던 부대원들은 신기해하면서도 이런 궁금증을 나타냈다.

원래 포션은 크게 다친 환자가 주로 마시는 일종의 약이었다.

그런 것을 훈련 중에 자꾸 마시게 하고 있으니 의구심이 들만도 했다.

그러나 지금 어느 병사의 말처럼 포션은 일단 비싸기도 엄청 비쌌지만, 아무리 많이 마신다고 해도 인체에 해를 끼칠 만한 것은 아니었다.

"옴 바라다인 타무르 혜신~!"

파앗! 핑핑핑~멈칫.

어쨌든 그들이 이렇게 떠들고 있을 때 마침내 멀린의 입에서 주문이 흘러나왔다.

그러자 그의 앞에 있던 포션들이 일제히 눈부신 속도로 날아가더니 병사들 각자의 앞에 가서 멈추었다.

눈으로 보면서도 믿기 힘든 신기다.

원래는 굳이 이렇게까지 할 필요가 없었지만 숀이 이런 일을 멀린에게 시켰다.

그의 마법훈련도 될 겸 병사들의 사기도 북돋아 줄 겸해서 마련한 일종의 이벤트다.

"모두 잘 들어라. 지금 너희에게 지급한 포션은 어제와는 다른 종류다. 아마 이제 대부분 내가 말했던 대로 호흡과 함께 주문을 외울 때마다 몸속에서 어떤 기운이 꿈틀거리는 것을 느끼고 있을 것이다. 그렇지 않은가?"

"맞습니다!"

"지금 너희에게 나누어준 포션을 들이켜게 되면 그것이 더욱 커지는 것을 체험하게 될 것이다. 하지만 아무리 그렇다고 해도 절대로 호흡과 주문을 멈추지 말고 끝까지 외워라. 알겠느냐?"

"네~!"

궁금한 것투성이였지만 누구 하나 묻지 않았다.

그것은 숀이 애초부터 자신이 설명하기 전까지는 그 어떤 질문도 하지 못하게 규칙을 정해놓았기 때문이다.

그렇기에 그들이 공식적으로 할 수 있는 말은 네, 아니면 아니오뿐이었다.

그리고 특히 지금은 무조건 네를 외쳐야 할 때였다.

"좋아. 그럼 어서 모두 마셔라!"

벌컥벌컥······.

"다 마셨으면 그 자리에 앉아서 주문을 외우기 바란다. 단, 그사이 한 사람씩 내가 찾아갈 것이니 혹시 내가 다가가더라도 절대 움직이거나 눈을 뜨지 마라! 알겠나?"

"네!"

손의 명령은 무조건 따라야 한다.

지난 열흘 동안 손이 병사들에게 철저하게 주입시킨 것 중 하나가 바로 절대 복종이다.

직속 지휘관의 말에 절대 복종하지 않으면 전쟁에서 그 어떤 전술도 사용할 수 없다. 위험하기 때문이다.

그러나 절대 복종을 하는 군대는 아무리 변화무쌍한 상황을 만난다 해도 지휘관만 있으면 헤쳐 나갈 수 있었다.

손은 그런 군대만을 원했다.

"듣기만 해라, 돈비앙."

움찔.

모두가 제자리에 앉아 호흡을 시작하며 주문을 외우자 손은 가장 가까이에 있는 병사에게 다가가 가만히 그의 이름을 부르며 이렇게 말했다.

그러자 병사는 표현할 수는 없었지만 놀란 것 같았다. 당연한 것이 하늘보다 높은 총사령관이 자신처럼 보잘것없는 병사의 이름을 기억하고 있으니 어찌 놀라지 않겠는가.

아니, 어쩌면 놀람을 떠나 감동하고 있는지도 몰랐다.

"지금부터 내 손이 움직이는 쪽으로 몸 안의 기운을 움직여 보아라."

"……."

"옳지. 그러는 동안에도 절대 주문을 그치면 안 된다. 바로 그거야."

중원 같았으면 혈도의 부위를 간단하게 말해서 진기를 유도할 수 있었겠지만 이들은 혈도가 무엇인지조차 모르고 있다.

그렇기에 손은 자신의 손으로 병사의 진기를 이끌어주고 있었다.

그렇게 진기를 세 번 정도 돌렸을까 싶었을 때 갑자기 병사의 몸에서 변화가 시작되었다.

부르르…….

"절대 입 밖으로 소리를 내면 안 된다. 지금 너의 몸 안에서 일어나고 있는 힘을 방금 움직였던 기운과 합쳐라. 내가 도와주마."

그러자 손은 이런 말과 함께 자신의 기운을 병사의 몸에 불어넣어 그의 기운들이 하나로 모아질 수 있게 도와주었다.

그리고 곧 병사의 내부에서는 엄청난 폭발이 일어났다.

오로지 병사의 뇌 안에서만 느낄 수 있는 폭발이었지만 말이다.

"위기는 지나갔으니 아마 몸이 상당히 개운해 졌을 것이다. 하지만 내가 멈추라고 할 때까지 계속해서 주문을 외우고 있어라."

그 말과 함께 손은 다음 병사에게 다가갔다.

한 사람당 약 십 분 정도의 시간이 걸렸지만, 그런 사람이 삼백 명 가까이 되다 보니 그런 일은 꼬박 이틀 이상이나 이어졌다.

그동안 병사들도 자리에서 움직이지 않고 계속해서 호흡과 주문을 그치지 않았다.

그리고 마침내 사흘째 아침이 시작되었다.

"이제 모두 눈을 떠라."

번쩍!

손의 명령에 따라 모든 병사들의 눈이 일제히 떠졌다. 그런데 그 순간, 그들의 눈에서는 광채가 잠깐이나마 흘러나

왔다가 사라졌다.

"모두 지금 몸 안에서 꿈틀거리고 있는 무언가를 느끼고 있는가?"

"그렇습니다!"

"그게 무엇인지 알겠는가?"

"모릅니다!"

숀의 질문에 모두는 한목소리로 대답했다.

그러자 이미 그들의 대답을 알고 있던 숀이 환하게 웃으며 다시 입을 열었다.

"그게 바로 마나라는 것이다. 너희는 그동안 힘든 고비를 수차례 넘기면서도 나의 명령을 따라주었기에 이 대륙에서 기사들만 습득할 수 있다는 마나를 얻은 것이다."

"그, 그럴 수가……."

"오오, 우리가 마나를 다룰 수 있게 되다니… 신이시여!"

숀의 그 한마디에 모든 병사들의 눈에서 눈물이 흘러내렸다.

이날까지 말단 병사 노릇만 해왔던 그들이다. 개중에는 포로로 잡혀와 험한 꼴을 당하기도 했었다.

하지만 그런 그들이 마나를 얻었으니 얼마나 감격했겠는가.

이 대륙에서 마나를 얻었다는 말은 곧 그들의 지위가 기

사 급이 되었다는 말과도 같았다. 물론 아직 넘어야 할 산
은 높았지만.

손의 말은 계속해서 이어졌다.

"하지만 그것만으로 전쟁을 치를 수는 없다. 이제 오늘부
터는 훈련 방법이 달라질 것이다. 그에 따라 여러분들을 인
솔할 인솔자도 필요하다. 무엇보다 제2전투 부대를 인솔할
수 있는 사람은 여러분 모두보다 마나를 잘 다루어야 한다.
그러면서도 지금까지 여러분과 동고동락을 해온 동료여야
한다."

웅성웅성.

손의 말이 여기까지 이어지자 잠시 동안 장내가 소란스
러워 졌다.

과연 누가 자신들의 인솔자가 될 수 있을지 분분한 의견
을 나누는 모양이다.

그 모습을 지켜보던 손이 다시 입을 열었다.

"그럼 그 조건에 맞는 인솔자를 소개하겠다. 내가 결정한
너희의 인솔자는 바로 훈련번호 299번이다! 앞으로 나오도
록!"

"네! 299번! 총사령관님의 명령을 받듭니다!"

손의 지명에 한 사람이 파랗게 검을 빛내며 공중을 날아
손의 앞으로 모습을 드러냈다.

휘익~

그런 그에게 모두의 시선이 몰렸고, 저마다 탄성을 뱉어
냈다.

"오~! 저, 저건 마나 검이다! 파란 빛이 일렁이는 저것은
마나가 분명하다."

"그, 그런데 저분은 파비앙 아가씨?"

놀랍게도 숀의 호출을 받고 나온 사람은 이제 막 십오 세
가 된 파비앙이었다.

그녀는 불과 한 달여 만에 검에 마나를 싣고 있었다.

그것은 곧 그녀가 소드 익스퍼트 입문 단계에 접어들었
음을 뜻했다.

이것은 파비앙의 타고난 재능을 발견하고 숀이 그녀만
따로 훈련시켰기에 얻을 수 있었던 기적 같은 결과였다.

Chapter 13

모의 전투

건들면죽는다

1

원래 모의 전투는 한 달 후로 정해져 있었다.

그러나 숀은 그 예정을 일주일 더 미루었다.

여러 가지 이유가 있었지만 그럴 수 있는 가장 중요한 변수는 바로 왕국 내의 정세 변화였다.

우선 밤그림자가 크롤 백작을 통해 바스티안 왕자의 경각심을 높여준 것이 변화의 첫번째 원인이라고 할 수 있었다.

바스티안 왕자는 워낙 성격이 급하고 과격한 면이 있었기에 그 이야기를 듣자마자 흥분을 해서 왕궁 근처에 대규

모 병력을 집결시켰었다.

그 일로 인해 왕궁이 발칵 뒤집힐 정도였다고 한다.

그뿐 아니라 크리스티안 왕자 역시 별반 다를 게 없었다.

그도 정보부 사무관인 켄신의 보고로 인해 화가 났는지 형을 가만두지 않겠다고 설쳤다고 한다.

만일 그때 귀족들이 합심해서 두 사람을 말리지 않았다면 벌써 왕국은 둘로 쪼개졌을지도 모를 정도였다.

"욜라라고 했었지? 이거 그 녀석에게 빚을 진 기분이군. 앞으로도 쓸모가 좀 있겠어."

그 소식을 전해 들은 숀은 가장 먼저 희한하게 만났다가 헤어졌던 욜라의 모습을 떠올렸다.

그때 그는 그녀에게 별다른 기대는 하지 않았었다.

하지만 지금 보니 그녀는 그의 예상을 훨씬 뛰어넘는 일솜씨를 보여주었던 것이다.

"이렇게 되면 당분간 우리 영지는 안전해 질 수도 있겠군. 중재하는 사람들이 나선 이상 조만간 우리에게 유리한 일이 벌어질 테니까……."

숀의 이런 예언은 며칠이 가지 않아 적중했다.

그의 말대로 바스티안 왕자와 크리스티안 왕자는 극적인 순간에 합의점을 찾았고, 그로 인해 당분간 상호불가침 조약을 맺게 되었던 것이다.

그것은 다른 영지의 배후에서 영주들을 조종하는 것까지 금지한다는 것을 뜻했다. 그로 인해 렌탈 영지는 우선은 보다 안전하게 되었다.

크롤 백작이 인근 영주들에게 도움을 청한다 해도 그들이 쉽게 협력하지 않을 공산이 컸기 때문이다.

만에 하나 크롤 백작이 다른 영주들과 손을 잡고 렌탈 영지를 다시 공격한다면 크리스티안 왕자 측 입장에서 볼 때는 상호불가침 조약을 깨뜨린 것으로 간주할 수도 있었기 때문이다.

하지만 아무리 그렇다고 해도 크롤 백작이 보복을 위해 단독으로 쳐들어 올 수 있는 가능성은 여전히 높았다.

똑똑…….

"총사령관님! 기사 대장 벨룸 경께서 왔습니다. 어떻게 할까요?"

"들어오라고 하라."

"네."

그런 가운데 손은 오늘 모처럼 자신의 집무실에 앉아 있었다.

최근 왕국의 변화되고 있는 정세로 인해 그도 할 일이 많아졌기 때문이다.

우선 밤그림자로부터 수도 없이 날아오고 있는 정보를

파악해야 했으며 그에 따라 필요한 대책도 알려줘야 했다.

그것만 해도 엄청난 업무였지만 그는 다들 감탄할 정도로 빠르고 정확하게 그 일을 해치우고 있었다.

그렇다고 해서 그가 훈련을 소홀히 하는 것도 아니었다.

그는 오전 일찍 서류적인 업무가 끝나면 곧바로 산으로 달려가 제2전투 부대원들을 빡세게 굴리고 있었다.

이제는 처음과 달리 모두 입에서 단내를 달고 살 정도로 훈련의 강도는 높아졌다. 아직 그들 외에는 아무도 모르고 있는 일이었지만…….

"충성! 기사 벨룸이 총사령관님께 인사 올립니다!"

집무실에서 정신없이 업무를 처리하고 있는 쇤 앞에 다가온 벨룸이 경례를 했다.

"고생이 많군. 일단 그쪽에 앉게."

"감사합니다!"

쇤으로 인해 단숨에 소드 익스퍼트 중급 기사로 거듭났던 벨룸은 원래부터 그를 존경하고 있었다.

하지만 그때는 렌탈 남작을 모시고 있었기에 마음은 있어도 그런 점을 내색할 수 없었다.

그러나 이제는 쇤이 어떤 사람인지도 알게 되었고 그가 모시고 있었던 렌탈 남작조차 그런 쇤을 주군으로 선택했기에 그도 자신의 마음을 완전히 열고 진심으로 쇤을 따르고 있었다.

"아침부터 무슨 일인가?"

"실은 모의 전투 건으로 드릴 말씀이 있어서 찾아왔습니다."

"말해 보게."

벨룸이 집무실 안에 있는 소파에 앉자 숀도 보고 있던 서류철을 덮고 그의 앞에 가서 앉아 용건을 물었다.

그러자 벨룸은 진중한 얼굴로 이렇게 대답했다.

"이제 모의 전투까지 삼 일밖에 남지 않았습니다만 이번 전투는 취소하는 것이 어떨까 싶습니다."

"갑자기 그게 무슨 소리인가?"

뜬금없는 벨룸의 말에 숀은 그를 똑바로 바라보며 이렇게 물었다.

"지금 제가 맡아서 훈련에 임하고 있는 제1전투 부대는 이미 최정예 병사들로 거듭난 상태입니다. 물론 제2전투 부대도 그 이상의 성과가 있을 거라 생각하지만, 수적인 차이가 너무 큽니다. 만일 이런 상태에서 전투를 치르게 되면 아무리 모의 전투라 해도 큰 피해가 일어날 가능성이 높습니다. 아직 크롤 백작이 언제 쳐들어올지 모르는 이 마당에 그런 일이 생긴다면 큰일 아니겠습니까?"

"후후, 과연 자네는 기사 대장감이야. 승부보다 영지의

앞날을 걱정하는 자네를 보니 내 마음이 한결 가벼워지는
군."

손은 벨룸의 건의를 듣고 환하게 웃으며 이렇게 말했다.
실제로 그는 이런 벨룸이 믿음직스럽기도 했다.

"송구할 따름입니다."

"하지만 그건 자네가 너무 앞서서 이야기하는 것 같군.
내 예상은 자네와 다르다네."

"어떤……."

이번에는 벨룸이 호기심 가득한 얼굴로 손의 다음 말을
기다렸다.

그가 무슨 생각을 하는지 너무 궁금했던 모양이다.

"모의 전투를 하게 되어도 부상자가 많이 나올 일은 없을
걸세. 물론 자네 병사들이 조금 힘겨운 싸움이기는 하겠지.
그러나 어른이 아이들을 심하게 대할 수는 없지 않겠나? 그
러니 너무 걱정하지 말게."

"그, 그 말씀은 뭔가 이상한 것 같습니다. 갑자기 어른과
아이가 왜 나오는 것인지요? 설마 저희가 어른이고 총사령
관님의 부대원들이 아이들이라는 말씀이십니까?"

벨룸은 이미 손이 훈련을 처음 시작할 때의 분위기를 알
고 있었다.

비록 특별한 훈련 방법이기는 했지만 주어진 시간이 워

낙 짧았기에 그런 명상만으로 실력을 늘릴 수는 없다고 결론지었었다.

때문에 자신의 부대와 숀의 부대는 이미 상대가 되지 않을 정도로 실력 차이가 날 것이라고 판단했다.

그렇기에 지금도 이렇게 말할 수 있었던 것이다. 이 일은 벨룸이 숀을 존경하고 있는 것과는 또 다른 문제였다.

모든 것을 떠나서 두 사람은 부대를 가지고 경쟁을 하고 있는 각각의 부대장 아니던가.

"그 반대일세. 자네는 아직 믿지 못하겠지만 이미 우리 부대원들은 자네 부대원들보다 월등히 강하다네. 내가 애초부터 모의 전투를 계획한 이유는 자네 부대의 교만함을 깨뜨리고 아울러 누구나 열심히 훈련을 하게 되면 엄청나게 강해질 수 있다는 희망을 주기 위해서였네. 그러니 처음부터 자네 부대가 지게 되어 있는 시나리오라고 할 수 있지."

"그, 그럴 수가……. 그게 정말입니까? 솔직히 저는 믿기 힘듭니다만……."

벨룸뿐 아니라 그 누구라도 같은 심정일 것이다.

겨우 한 달여 전만 해도 형편없다고 생각했던 부대가 그 사이 그렇게 강해진다는 것은 말이 되지 않았다.

최소한 상식적으로 판단한다면 말이다.

하지만 그렇다고 자신이 가장 존경하고 따르고 있는 손의 말을 무턱대고 의심할 수도 없었다.

손은 그의 그런 심정을 충분히 느꼈는지 빙그레 웃으며 다시 말을 했다.

"믿기 힘든 게 당연하겠지. 하지만 이제 삼 일만 지나면 확실하게 알 수 있을 걸세. 군대가 강해지려면 무조건 긴 시간 동안 훈련하는 것이 전부는 아니라는 것을 직접 느껴 보게. 가끔은 고정관념이 깨지는 것도 필요하거든."

"알겠습니다. 외람된 말씀입니다만, 기왕 전투를 해야 한다면 저 역시 호락호락하게 당하고 있지만은 않을 것입니다."

"하하! 역시 자네는 마음에 든다니까."

손의 웃음소리를 들으며 벨룸은 그의 집무실을 나섰다. 그러면서 그는 가만히 입술을 깨물었다. 그 웃음소리가 그의 잠들어 있던 승부욕을 깨웠던 것이다.

2

드디어 결전의 날이 밝았다.

훈련장에는 모의 전투에 참여할 병사들과 그것을 구경하기 위한 영지민들로 발 디딜 틈이 없을 정도였다.

그뿐 아니라 밤그림자 사람들까지 합세해 이건 거의 시장수준이라 할 만했다.

그러자 숀은 성내에 있는 영지민들에게 양해를 구해 구경꾼들을 훈련장 인근에 있는 건물의 옥상 등으로 분산시켜야만 했다.

그렇지 않으면 전투 자체를 할 수 없을 정도였기 때문이다.

이것은 그만큼 많은 사람들이 포로들까지 합쳐서 새롭게 변모한 영지군의 전력을 궁금해 한다는 것을 뜻했다.

하긴 언제 또 크롤 영지군이 쳐들어올지 모르는 상황이니 그럴 만도 했다.

"지금부터 오늘의 전투 방식을 설명하겠다. 방식은 간단하다. 우선 첫 번째 전투는 각 부대의 가장 실력 있는 병사 다섯 명을 선발해 그들의 싸움의 결과로 결정하겠다. 두 번째는 십인대끼리의 단위별 전투를 벌일 것이며 마지막으로 세 번째는 각 부대 전체가 참여하는 단체전으로 이어질 것이다. 그렇게 세 번의 전투가 끝나면 그중 두 번 이상 이긴 부대가 승리한 것으로 결정할 것이다. 질문 있으면 하도록!"

장내 정리가 어느 정도 끝나고 나자 곧 렌탈 남작이 훈련장 앞에 마련되어 있는 단상 위로 올라와 오늘의 전투 방식을 설명했다.

비록 전체 부대원들의 숫자는 차이가 났지만 그래도 첫 번째와 두 번째는 공평했다.

문제는 세 번째였는데 수가 적은 제2전투 부대의 불만이 전혀 나오지 않았기에 아무런 문제없이 모의 전투는 시작할 수 있었다.

"그럼 첫 번째 전투부터 시작하겠다. 먼저 각 부대의 임시 부대장들은 단상 앞으로 나오기 바란다."

"네!"

렌탈 남작의 말이 떨어지기 무섭게 벨룸과 숀이 단상 앞으로 나왔다.

그러자 렌탈은 다시 입을 열었다.

물론 단상에는 마법사 멀린이 실용 마법으로 만든 목소리 증폭기가 설치되어 있었기에 렌탈의 말은 모두가 들을 수 있었다.

"각 전투 부대는 자신들 가운데 가장 강하다고 생각되는 사람을 다섯 명씩 선출해 명단부터 제출하기 바란다."

"알겠습니다."

두 사람은 그 자리에서 행정관들이 건네주는 종이와 펜을 받아 전투에 임할 부대원의 이름을 적어서 제출했다. 그러고는 곧 제자리로 돌아갔다.

"그럼 지금부터 호명받은 자는 바로 앞에 마련되어 있는 대련장 앞으로 나오기 바란다. 제1전투 부대의 병사 아놀드, 아서, 벤자민, 찰리, 그리고 덱스터는 앞으로!"

"네!"

후다닥…….

먼저 지명을 받은 제1전투 부대의 대원들이 빠르게 뛰어나왔다.

그들은 자신들의 체력이 엄청나다는 것을 보여주려는 듯 특별히 철제 갑옷을 입은 채였다.

원래 갑옷은 주로 기사들이 입는 복장이었지만 개중에는 일반 병사가 입는 경우도 있었다.

그중 철제 갑옷은 중갑 보병이 간혹 입는 갑옷으로 주로 육탄전이 많을 수밖에 없는 전투에서 유용한 갑옷이라고 할 수 있었다.

실제로는 거의 쓰이지 않았지만… 어쨌든 그들은 그런 무거운 갑옷을 입고 뛰는 것만으로도 중인의 감탄을 자아내고 있었다.

"다음은 제2전투 부대의 병사 하일리, 크누센, 그레고리, 프레드, 그리고… 파, 파비앙은 앞으로!"

"네!"

웅성웅성…….

이름을 호명하던 렌탈 남작은 이 순간 정말 깜짝 놀랄 수밖에 없었다.

어찌나 놀랐는지 자신도 모르게 숀의 얼굴을 쳐다볼 정도였다.

이게 어떻게 된 일인지 묻는 것 같은 표정이다.

하지만 숀은 가볍게 어깨를 으쓱하는 것으로 대답을 대신할 뿐이었다.

렌탈 남작만 동요한 것은 아니었다. 모든 영지민과 병사들까지 자신의 귀를 의심했다.

"방, 방금 들었어? 파비앙이라고 한 것 같은데… 내가 잘못 들었나?"

"아니, 나도 분명 그렇게 들었어. 설마 우리 영지에 아가씨 이름과 같은 사람이 또 있을 리도 없을 텐데, 이게 어떻게 된 일이지?"

멀리 떨어진 채 마법의 증폭기에서 흘러나오는 말에 잔뜩 신경을 집중하던 영지민들은 자신들의 귀를 의심하며 이런 대화를 나누었다.

아무리 세대가 진보적으로 바뀌고 있다고는 하지만 여자가 검을 드는 것은 아직까지도 쉽게 볼 수 있는 광경은 아니었다.

그런데다가 파비앙은 이제 겨우 십오 세가 된 어린 소녀에 불과하다.

당장 먼저 나왔던 제1전투 부대 대원들의 모습만 봐도 그들과 파비앙이 싸운다는 것은 상상도 할 수 없는 일이었다.

그러니 다들 동요할 수밖에.

"방금 호명된 파비앙은 렌탈 남작의 따님 이름 맞죠?"

"그렇습니다."

이번에는 영지민들 보다는 장내가 훨씬 잘 보이는 특석에 앉아 있던 밤그림자의 총수 소피아가 장로들에게 이렇게 물었다.

그녀도 같은 여자였지만 이런 경우는 처음 겪어본 것이다.

"으음, 나는 그 아가씨가 무척이나 소심하고 조용한 것으로 알고 있었는데 이게 대체 무슨 일일까요?"

"다른 것은 다 필요 없을 것 같고 제2전투 부대를 맡아서 훈련한 사람이 누구인지만 생각해 보십시오."

또다시 소피아가 고개를 갸웃거리며 이렇게 말하자 둘째 장로 콘라드가 뜬금없는 말을 했다.

하지만 소피아는 물론 다른 장로들도 그 안에서 답이라도 찾았는지 갑자기 고개를 끄덕였다.

그들이 생각할 때 손이라는 괴물이 손을 댄 이상 그 어떤 일이 벌어져도 그다지 놀랄 일은 아니라고 단정 지은 것 같왔다.

그런 가운데 마침내 대련장으로 제2전투 부대원들이 나오기 시작했다.

그들의 선두에는 분명 꽃처럼 아름다운 파비앙이 있었다.

저벅저벅.

그런데 제1전투 부대 대원들이 강철 갑옷에 중무장을 하고 나온 반면, 제2전투 부대의 대원들은 정반대의 모습을 보이고 있었다.

그들은 가볍기는 하지만 방어력이 낮을 수밖에 없는 가죽 갑옷을 차려입고 있었던 것이다.

물론 이것만으로도 일반 병사에게는 충분할 수 있을지 모른다.

그러나 지금은 중요한 전투를 치러야 했기에 그것만으로는 뭔가 부족하다는 느낌을 주고 있었다.

"이 대결은 이기는 사람이 끝까지 가는 방식이다. 그럼 누가 먼저 나올 것인지 결정하고 자발적으로 나서도록!"

"병사 아놀드, 제가 먼저 싸우겠습니다!"

개인 대결을 주관하는 사람은 보병 대장 벡스였다.

그가 양측의 병사들을 바라보며 이렇게 말을 하자 제1전투 부대 쪽에서 엄청난 덩치를 가진 자가 나섰다.

그는 키가 족히 1 미터 90 센티미터는 넘는 것 같았으며 온몸이 근육으로 이루어진 데다가 그 위에 철제 갑옷까지 입고 있어 보는 것만으로도 기가 질릴 정도였다.

이런 자와 싸우게 되면 아무리 두들겨도 끄떡없을 것 같았다.

이기게 되면 다음 사람과 싸우는 방식이기 때문에 첫 번째 주자가 무척 중요했는데 이자는 충분히 나설 만했다.

"저분은 제가 상대해 드리죠. 병사 파비앙, 먼저 나서겠습니다."

그런데 정녕 놀랍게도 제2전투 부대의 대표로 나선 사람은 아놀드의 절반도 되지 않는 체구를 지닌 파비앙이었다.

그녀가 나서자 어찌나 기겁을 했는지 단상 위에 있던 렌탈 남작이 자신도 모르게 아래로 내려올 정도였다.

하지만 이미 주사위는 던져졌고 물은 엎질러진 상태였다.

그렇게 첫 모의전이 시작되려 하고 있었다.

『건들면 죽는다』 6권에 계속…

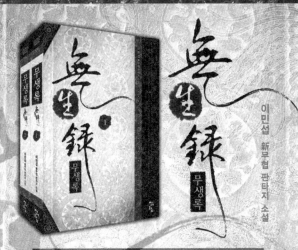

이민섭 新무협 판타지 소설

죽지 못하는 자는 살지 못하는 것과 같다.
그래서 그는 스스로를 무생(無生)이라 부른다.

은퇴한 기인들의 마을, 득도촌
그곳에서 가장 기이한 자는…
은거기인들마저 놀라게 하는 한 명의 청년

"오…무엇도 궁금해하지 말 것!"

부엌칼로 태산을 가르고,
곡괭이질로 산을 뚫는 자, 무생!

흘러 들어온 남궁가의 인연으로,
죽지 못해서 살아온 그가
이제 죽기 위해 무림으로 나선다.

살지 못한 자가 비로소 살게 되었을 때
천하가 오롯이 그의 것이 되리라!

Book Publishing CHUNGEORAM

유행이아닌 자유추구 ~
WWW.chungeoram.com

FUSION FANTASTIC STORY
천성민 장편 소설

짐승의 규칙

『무결도왕』 『다크로드 블리츠』
천성민 작가의 신간!

짐승의 규칙

살아야만 했다.
나를 위해 희생당한 부모님을 위해.
복수를 위해.

죽여야만 했다.
내가 살기 위해 타인의 목숨을.

그렇게……
나는 짐승이 되었다.

Book Publishing CHUNGEORAM

유행이 아닌 자유추구 ─
WWW.chungeoram.com

FANTASY FRONTIER SPIRIT

이충민 판타지 장편 소설

Mighty Warrior
영웅병사

복수를 다짐한 소년 병사.
붉은 제국을 향해 깃발을 세운다.

「영웅병사」

평온한 유년 시절을 보내던 비첼.
어느 날, 붉은 제국의 깃발 아래에 사랑하는 가족을 빼앗기고 만다.

"도끼… 도끼라면 다룰 줄 압니다."

병사가 되고자 참가한 전쟁에서 소년은 점점 영웅이 되어 간다!

쓰러져가는 아버지의 등을 억하며,
아직 어린 소년으로서 도끼를 들고 붉은 제국과 싸우 위해 일어선다.

제국과의 전쟁에 스스로 뛰어든 소년.
병사, 비첼 악센트.
이것이 영웅 탄생의 시작이다!

Book Publishing CHUNGEORAM

유행이 아닌 자유추구
WWW.chungeoram.com